Job, een beetje verliefd & ander gestress

D1393957

Voor Map, coach & toeverlaat

Job,
een beetje verliefd
& ander gestress

Marly van Otterloo

NEDERLANDSE
KINDERJURY
2007

www.lannoo.com/kindenjeugd

Omslagontwerp Studio Jan de Boer
Illustraties Mies van Hout
Zetwerk Scriptura

ISBN 90 8568 131 6
NUR 282

1. Post voor mij: J♥b

'Deirdre vraagt wat je op je laatste rapport had voor rekenen en gym,' zei Charlotte.

'Aan m-m-mij?' vroeg ik.

Het was net na de grote vakantie en ik stond te kletsen met Jaco, Frits en Tom.

'Ja, aan jou, Job,' zei Charlotte. Ze keek alsof het haar ook een raadsel was waarom ze bij mij moest zijn.

'Nou, wat had je?' Nog even en ze ging stampvoeten met haar paarse laarsjes.

'Voor allebei een acht,' zei ik snel.

Charlotte liep meteen weg.

'Cool zeg!' zei Jaco. 'Dat betekent dat Deirdre verkering met je wil.'

'Doen!' riep Frits. 'Zeker met Deirdre!'

Frits gaat met Marja uit onze klas. Charlotte en Deirdre zitten in de parallelklas.

Ik probeerde te kijken alsof het heel gewoon was dat ik gevraagd werd, maar het voelde alsof ik best wel een rode kop kreeg.

'Waarom je cijfers voor rekenen en gym?' vroeg Tom. Hij denkt altijd over alles na.
'Meisjes willen iemand die slim is én goed in sport,' zei Frits. 'Marja heeft mij gevraagd omdat ik in jongens-B voetbal.'
'Oké,' wilde ik zeggen, 'en hoe zit het met dat slimme?' Gelukkig hield ik mijn mond. Frits en ik zijn al geen grote vrienden en omdat hij een keer is blijven zitten, wordt hij woedend als je hem pest met iets over leren. Bovendien stond ik te trillen op mijn benen. Deirdre wilde verkering met míj? Die meiden haalden vast een grap met me uit.

Deirdre en ik hadden elkaar het afgelopen jaar maar één keer gesproken. Nou ja, gesproken. Toen ik Bommel, de hond van Kees, mee naar school had genomen voor mijn spreekbeurt, vroeg ze of hij van mij was. Ik zei 'Ja' en dat was nog gelogen ook.
Een halfjaar daarvoor had ik Kees leren kennen. Hij zat op mijn bed toen ik op een middag uit school kwam. Wij wonen naast de gevangenis en

Kees was ontsnapt om mij te vragen voor Bommel te zorgen. Na een halfjaartje was Kees weer vrij en kreeg ik Keesje, mijn eigen hond.

Na de pauze lag er een roze enveloppe op mijn tafel. *V♥♥r J♥b*, stond erop. Ik schoof hem meteen in het vak onder mijn tafel, maar niet snel genoeg want Ingrid riep: 'Job heeft een brief gekregen met hartjes erop!'
''t Is van iemand uit de parallelklas,' schreeuwde Frits. 'Haar naam begint met een "D" en eindigt op "eirdre".'
Lekker was dat. Ik wist nog niet eens wat ze geschreven had.
Zodra de meester begon te praten – geen idee waarover – voelde ik met mijn vingers over de achterkant van de enveloppe. Dichtgeplakt! Als ik 'm open zou scheuren, kon iedereen het horen. Ik stak mijn hand op om naar de wc te mogen. De hele klas begon te joelen.
'Het is net pauze geweest. Ben je iets vergeten?' vroeg de meester.

Ik deed de deur op slot en ging op de bril zitten. Op roze briefpapier stond:

Vraag 1: Wil je verkering?
Vraag 2: K♥m je vanmiddag naar het zwembad?
Deirdre.

Er stond geen 'Lieve J♥b' of 'Beste J♥b' boven. Ze vond het zeker voldoende dat ze op de enveloppe had geschreven dat de brief voor mij bestemd was. Achter de vragen stonden vakjes met 'ja' en 'nee'. Ik had natuurlijk geen pen bij me. In de klas kon ik het ook niet invullen. Hoe zou het zijn als ik mijn wijsvinger aan iets scherps open zou halen en dan bloed in de vakjes liet druppen? Goed heftig wel. Of zou ze dan bang zijn dat ik het achterneefje van Dracula was? Ik stopte de enveloppe weer in mijn broekzak.

'Job, haal jij even krijt voor me bij de administratie?'
Zag de meester misschien dat ik niet helemaal bij de les was? We waren al begonnen met ons eindwerkstuk. Dat van mij heette: 'Beren in Canada.' Aan het eind van het schooljaar zou ik met mijn vader en moeder op vakantie gaan naar mijn oma en opa in Canada.
Die middag kon ik maar één zin bedenken: 'De

grizzly heeft een bult op zijn rug, de zwarte beer niet.' Later zag ik dat ik dat in de inleiding ook al had geschreven... In de tijd van voordat ik verkering had, zeg maar.

Op de gang zette ik een kruisje bij 'ja' van verkering en 'nee' van zwembad met de pen die ik uit de klas had meegenomen.

2. Verkering. Ik

Na school stond ik als eerste buiten. Toen ik de enveloppe aan Deirdre gaf, voelde ik me meer haar kleine broertje dan haar verkering: ze stak bijna een kop boven me uit. Volgens mij was ze de laatste tijd nog knapper geworden. Ze heeft de mooiste bruine ogen van de hele wereld en koperkleurige krullen.
Ik ging zo rechtop mogelijk staan, maar het hielp niet. Niets van aantrekken, dacht ik, Tom Cruise is ook een klein kereltje, maar hij heeft de mooiste vrouwen aan zijn arm.
Ik geloof niet dat Deirdre me verliefd aankeek – eerder een beetje kattig – maar ze wist natuurlijk mijn antwoord nog niet. Misschien zat ze onwijs in de zenuwen dat ik 'nee' had ingevuld bij vraag 1. Ik zei maar 'dag' voordat ik naar de auto holde; groeten leek me er nu wel bij horen.

Mijn moeder haalde me van school om samen een cadeautje voor mijn vaders verjaardag te gaan kopen. Zodra Keesje me zag, sprong hij bijna door de achterruit. In de auto was achterin een speciaal hondenrek voor hem geplaatst, anders zou hij bij een botsing als een katapult door de voorruit vliegen.

Eigenlijk moest Deirdre Keesje zien, dan wist ze: J♥b is niet alleen bijdehand en lenig, maar hij heeft ook nog de leukste pup van de hele wereld. Zou ik haar erbij roepen of was dat overdreven?

Ik keek om. Deirdre stond met een heel stel vriendinnen om haar heen. De brief wapperde in haar hand. Ze zou 'm toch niet aan iedereen laten zien? Was ik even blij dat ik de hokjes met inkt en niet met mijn bloed had ingevuld. Die meiden stonden nu al heel hard te lachen, maar dat doen ze altijd.

Toen ik instapte, zei ik tegen mijn moeder: 'Ik ga met Deirdre, het mooiste meisje van de hele school.'
'Ach,' zei mijn moeder, 'mijn Jobje heeft *a girl-friend*!'
'Geen vriendin,' zei ik, 'verkéring.'
'Is ze ook lief?' vroeg mijn moeder.
'Eh,' zei ik, 'het is nog niet zo lang aan en nu hebben we het er genoeg over gehad.'

Mijn moeder kriebelde in mijn nek. *'My big boy!'*
Zo kon die wel weer.

We reden naar de grote winkel voor visbenodigd-
heden aan de haven. Mijn vader is gek van vissen.
We kochten een legergroene oliejas voor hem.
'Olie'? De jas was voor in het water. En waarom
zouden ze die spullen toch in zo'n gore kleur maken? Moeten die vissen soms denken dat je een
boom bent?

Zou Deirdres vader ook vissen? Had ze eigenlijk
wel een vader? En broers of zussen of was ze ook
enig kind? Ik wist niet eens waar ze woonde.

's Avonds aan tafel vroeg ik: 'Wie van jullie heeft
eigenlijk om verkering gevraagd?'
'Vrágen?' zei mijn vader. 'Dat was helemaal niet
nodig. Toen ik met je moeder had gedanst, was ze
verkocht!'

Mijn moeder komt uit Canada. Ze trok met een
vriendin door Europa toen ze mijn vader in Amsterdam tegenkwam. Mijn vader bood aan ze de
stad te laten zien. Dat was natuurlijk in het jaar nul.
'Is het normaal dat zo'n meisje om verkering vraagt?'
vroeg mijn vader.
'Zo'n meisje? Deirdre bedoel je,' zei ik.

'Vroeger namen jongens altijd het initiatief,' zei mijn vader.

'Man, dat is al lang niet meer zo,' zei mijn moeder. *'Wake up!'*

'Nee, de meisjes doen dat altijd,' zei ik. Ik wist het alleen van Marja en Frits.

'Dan vond ik het bij ons vroeger beter,' zei mijn vader. Hij keek erg tevreden, net Popeye. Mijn moeder giechelde. Ik voelde me helemaal geen Popeye, ik begreep nog steeds niet waarom Deirdre mij had gekozen.

3. Keesje snapt het wel

Mijn vader keek op zijn horloge. 'We moeten opschieten!'

Op dinsdagavond gingen we met Keesje naar de gehoorzaamheidstraining voor pups. In de drie weken dat ik hem had, was Keesje al behoorlijk gegroeid. Hij stond hoger op zijn poten en zijn staartje was ook langer. Als hij niet hard door de kamer racete, viel hij van het ene op het andere moment in slaap. Het leukst vond hij het om over onze lage, glazen tafel te zeilen. Hij had ook een paar planten – binnen en buiten – met wortel en al uit de pot gerukt. Dat vond mijn moeder wat minder. Ik had nog nooit zoiets schattigs meegemaakt. Zou Deirdre net zo lief zijn? Zij zou me in ieder geval niet bijten zoals Keesje. Iedere dag stonden er putjes in mijn vingers van zijn scherpe tandjes.

Keesje was pijlsnel zindelijk. Kees had verteld wat

we moesten doen: 'Je legt je hele huis – dat is nogal wat in jullie geval – onder de kranten. Kan niet
schelen welke krant: *Telegraaf, de Volkskrant, NRC,
Algemeen Dagblad,* allemaal goed. Als Keesje piest
of schijt, pak je hem op en hol je met 'm naar buiten. Drupt hij daar nog een beetje uit, dan prijs je
hem: "Goed zo Keesje, grote jongen!" Gaandeweg
neem je steeds een paar kranten weg totdat er op
het laatst nog maar één voor de deur ligt.'

Het was binnen een paar dagen gepiept: als Keesje
wat moest, ging hij bij de deur staan.

'Hoe lang deed Bommel er eigenlijk over om zin-
delijk te worden?' vroeg ik Kees.
'Dat is zo langgeleden. Ik heb geen flauw idee,' zei
Kees.
Ja ja, dat zal wel. En dat moest ik geloven.
In de maanden die ik op Bommel paste, was me
snel duidelijk geworden dat Bommel ontzettend
lief was, maar niet heel goochem.

De eerste week lukte het ook al om Keesje op bevel
te laten zitten. Ik belde Kees op. Hij kwam meteen, samen met Bommel.

'Misschien is Keesje wel slimmer dan Bommel,' zei ik. 'Hij kan al zitten.'

'Lijkt me niet,' zei Kees, 'maar laat maar zien.'

'Zit!' zei ik tegen Keesje. Hij nam een aanloop en vloog tegen Bommels borstkas op... Waarschijnlijk denkt hij dat Bommel zijn grote broer is, want dat is ook een Drentse Patrijs.

'Ik ben erg onder de indruk,' zei Kees. 'Waarom bied je 'm niet bij het circus aan?'

Ik pakte Keesje bij zijn nekvel en zette mijn zwaarste stem op. Dat heeft Kees me geleerd. (Irritant dat mijn stem de laatste tijd nogal eens oversloeg.) 'Nu is het mooi geweest!' zei ik. 'Keesje, zít!' Op een toon alsof Sinterklaas de vervelendste Piet toesprak.

Keesje keek me aan en... ging zitten!

Ik kon hem wel zoenen, maar dat deed Kees al. Met één hand pakte hij Keesje op en kuste hem op zijn neus.

'Ik zie het al: Keesje is een echte jachthond, net als Bommel,' zei Kees. 'Na de gewone cursus moet je met hem naar de speciale jachttraining. Dat had ik met Bommel ook moeten doen, maar het kwam er niet van.'

Later hoorde ik dat Bommel was gezakt voor het diploma van de eerste cursus en daarom helemaal niet had mogen meedoen aan de cursus voor jachthonden.

Die avond gingen mijn vader en ik voor de derde keer naar de cursus. Keesje snapte alles weer meteen. Hij mocht zelfs 'Blijf!' voordoen aan de andere honden.

Terwijl ik naar alle schattige pups om me heen keek, vroeg ik me af wat Deirdre aan het doen was. Zou ze zitten kijken naar de kruisjes die ik had ingevuld?

Voordat ik ging slapen, pakte ik mijn blocnote en schreef bovenaan:

Waarom heeft Deirdre mij om verkering gevraagd?

1. Ze vindt haar eigen ogen heel mooi ➳ J♥b heeft ook bruine ogen

2. Ze wil verkering met een bekend persoon ➳ J♥b stond deze zomer in de krant met dat verhaal over het oprollen van die autodievenbende in Spanje

3. Ze is gek op dieren (dat zijn alle meisjes, vooral op paarden) ➳ J♥b heeft geen paard, maar wel een hond

4. Ze vindt het belangrijk dat de aandacht niet van haar wordt afgeleid ➤ niemand kijkt naar J♥b

5. De wegen van de liefde zijn ondoorgrondelijk (heb ik iemand op tv horen zeggen) ➤ Deirdre ziet iets in J♥b dat (nog) niemand heeft gezien.

Ik hield het op het laatste.

4. Vraagje van Deirdre

's Morgens liep ik zo relaxed mogelijk, met mijn handen in mijn zakken, het schoolplein op. Nog voordat ik ook maar iemand had gezien, zag ik Deirdre al staan. Ze droeg een kort legerjasje waarop haar krullen dansten. Misschien leek de kleur van haar jack wel op mijn vaders oliejas, nu vond ik legergroen best mooi.

Ik stak mijn hand op en... ze zwaaide terug! Of zwaaien, het was meer een zwaaitje: ze keek over één schouder en wapperde met haar vingers.

Moest ik nu op haar afstappen? Wat ging ik dan zeggen? 'Hé Deirdre, hoe is tie?' Of: 'Yo Deirdre! Vanmiddag kan ik wél naar het zwembad.' Misschien wilde ze wel alleen briefjes.

De enige die ik om raad kon vragen was Frits, maar dat ging ik in geen honderd jaar doen. Er waren nog een paar stelletjes – vooral in de parallelklas –

maar die kende ik niet goed genoeg.

Gelukkig ging de bel. *'Saved by the bell,'* zou mijn moeder zeggen.

In de grote pauze kwam ze naar me toe. Ik keek naar haar hand om te zien of er een enveloppe in zat, maar dat was niet zo.

'Job,' zei ze.

Alleen die stem al. Hoe moet ik het zeggen? Hoog, een echte meisjesstem. Ze keek me aan met haar bruine ogen en het voelde alsof ik mijn hoofd niet meer kon bewegen. Ik moest opeens denken aan een meisje van vroeger uit de straat dat haar nek brak toen ze van een paard viel. De dokter zette op een ingewikkelde manier haar hoofd op haar lijf vast. Mijn hoofd voelde ook vastgeschroefd: alsof ik alleen nog maar recht vooruit in Deirdres ogen kon staren.

'Ja-ah?' zei ik.

Mijn vader zegt soms 'lief' tegen mijn moeder, bijvoorbeeld 'Ja, lief.' Ik had bijna hetzelfde gezegd.

'Ik heb een vraagje,' zei Deirdre.

'Ja, goed. Vanmiddag kom ik naar het zwembad!' riep ik meteen.

'Nee-ee.' Ze keek me aan alsof ik een enorme oen was.

'Het gaat om iets anders. Wil je met me meedoen aan de Playbackshow? Ik heb al een liedje.'

Volgende week vrijdag zou de bovenbouw de Playbackshow doen. Een paar groepen meisjes waren iets aan het voorbereiden, Frits ging Robbie Williams doen, Jaco was bezig met iemand van *Idols*, er waren een heel stel rappers en nogal wat zogenaamde solozangeressen.

'Het is een liedje van vroeger: "Een beetje verliefd" van André Hazes,' zei Deirdre. 'Ken je dat?'

'Nooit van gehoord.'

'Het gaat over een man in een kroeg. Hij is verliefd op een meisje dat naast hem aan de bar zit. Zij gaat zogenaamd naar de wc, maar komt niet meer terug.'

'Hard,' zei ik.

'Kom je vanmiddag bij mij thuis oefenen?'

Ik had er wel over nagedacht om mee te doen, maar ik wist niet wie ik moest playbacken. Ook had ik niet zulke goede herinneringen aan mijn laatste optreden op school.

Ik was een keizer uit Japan en moest als eerste op. Niet omdat het de hoofdrol was – die keizer raakte zoek en kwam nooit meer terug – maar omdat iedereen mee mocht doen.

Ik had een rode kimono aan: de badjas van mijn moeder. Ze had 'm ingekort en er een of ander kinderachtig geel punthoedje op geborduurd. Daarna had de gymnastiekjuffrouw zich op me uitgeleefd met geel poeder en een zwart potlood. Ze had een sikje getekend en mijn wenkbrauwen doorgetrokken van mijn neus tot ongeveer mijn kruin.

Ik liep keizerlijk langzaam het toneel op en ging achter een houten tafeltje zitten. Dat ging prima. Daarna moest ik een spreuk voorlezen uit een rood boekje.

Boekje? Boekje! Bij mijn weten zat het in de rechterzak van mijn kimono, maar dat was niet zo. Links was ook goed geweest, maar helaas pindakaas. Zat het soms in mijn broek? Ik kon moeilijk die hele jurk optillen.

'Eh, eh,' zei ik.

De spreuk had te maken met de hemel en de horizon, maar met een volle zaal voor mijn neus – mijn

moeder stak haar duim op – had ik geen flauw be-
nul meer. De meester riep iets vanachter het gor-
dijn, maar ik verstond hem niet.

'Als de horizon naar de hemel stijgt, zakt de zee in
de zon,' zei ik.

Iedereen keek me nogal verbaasd aan, dus zei ik
snel: 'Oud Chinees spreekwoord,' voordat ik weg-
holde.

De meester glimlachte opgelucht, maar dat hield
op toen de stoel achter mijn kimono bleef hangen
en met veel lawaai het toneel af donderde. Ik was
blij dat ik pas bij het applaus weer hoefde op te komen.

Gelukkig zou het bij de Playbackshow minder
nauw luisteren als ik mijn tekst vergat. Maar veel
belangrijker was dat ik niet in mijn eentje, maar samen met Deirdre op het podium zou staan!

5. Schoonfamilie

Deirdre wachtte me op in de fietsenstalling.
'Kan ik bij jou thuis even mijn moeder bellen?'
vroeg ik.
'Heb je geen mobiel?' vroeg ze terwijl ze me aan-
keek alsof ik van een andere planeet kwam.
'Vergeten, ligt thuis,' zei ik.
'Oké, geef nu meteen even je nummer? Kunnen
we sms'en.'
Man, wat had ik mezelf weer in de nesten gewerkt.
Het was natuurlijk ook belachelijk dat ik nog geen
mobiel had.
'Overdreven,' vond mijn vader en mijn moeder
was het helemaal met hem eens.
'Moeten jullie het zelf maar weten als er iets ergs
met me gebeurt,' had ik gezegd. 'Tenslotte ben ik
een sleutelkind.'
Mijn moeder werkt halve dagen. Toen ik dat eens
eerder had gezegd, was ze woedend geworden.

'Prima,' zei ze nu. 'Een sleutelkind zonder mobiel.'

'Hij doet 't niet goed,' zei ik tegen Deirdre. 'Ik moet een nieuwe hebben.'
Ze trok haar wenkbrauwen op en gaf me de hare, een klein rood modelletje.

'Hier, bel je moeder maar. Hebben we dat gehad.'

'*Hi,*' zei ik tegen mijn moeder – ik vond 'mam' opeens kinderachtig – 'Ik ga met Deirdre mee. *See you!*'

'Doe je haar mijn groeten?' vroeg mijn moeder. Echt weer iets voor haar.

'Doe ik,' zei ik en drukte snel het knopje in.

Onmiddellijk ging de telefoon over. Deirdre griste hem uit mijn hand. 'Nee, we zijn nog niet eens weg. Hij moest eerst zijn *moeder* bellen.'

Ging dit wel goed zo? Ze zou toch niet jaloers zijn op mijn moeder? Zoiets had ik wel eens in een serie gezien: moeder en schoondochter vliegen elkaar in de haren omdat ze allebei de aandacht van die jongen willen.

Onderweg zei Deirdre niets.

'Waar gaat jouw werkstuk over?' vroeg ik maar.

'Coco Chanel.'

'Klinkt als een ruimtevaarder,' zei ik.

Wéér opgetrokken wenkbrauwen boven haar mooie ogen.

'Zij was één van de allergrootste mode-*queens*!'

'Nu je het zegt,' zei ik.

'Mijn ouders zitten in de mode,' zei ze. 'Ken je on-

ze zaak niet? Mellage, tegenover de Grote Kerk.'
Natuurlijk kende ik die. Mijn moeder keek altijd
verlekkerd in de etalage en zei dan: 'Heel trendy.
Jammer dat het onbetaalbaar is.'
'Coole winkel!' zei ik. 'Een van de favoriete adresjes van mijn moeder.'

Deirdre bleek te wonen in een van de bungalows
vlak bij het winkelcentrum. In de hal en de huiskamer hingen grote schilderijen met spotjes erboven.
Op een leren bank lagen twee mooie meiden van
een jaar of vijftien.
'Mijn zussen: Anne-Fleur en Melanie,' zei Deirdre.
Tegen hen zei ze: 'En dit is nu Job.'
Ze hadden het natuurlijk eindeloos over me gehad
en daar was ik dan!
Deirdres zussen droegen ook allemaal truitjes en
rokjes over elkaar. Een laagje meer of minder maakte die ouders natuurlijk niets uit: 'Als je iets leuks
ziet, trek je het maar uit het rek!'

'Ik vind 'm wel *cute*,' zei die Anne-Fleur. Cute? Dat
betekende toch schattig?
Ik keek nog even achter me, maar ze moest mij bedoelen. Zou de vriendin van James Bond dat ook

zeggen als hij voor het eerst bij haar thuis kwam:
'*This is James. Isn't he cute?*'

'Zo, we beginnen meteen,' zei Deirdre. 'Zullen we
'm eerst aankleden?'

'Ho ho!' Ik stak mijn linkerhand omhoog en sloeg
er met mijn vlakke rechterhand op zodat ze samen
een 'T' vormden, net als bij filmopnames: 'Kap
eens even! Wat zou je ervan zeggen als je eerst uit-
legt wat de bedoeling is?'

Zo, dat kwam er niet verkeerd uit.

'Ja, pas maar op: Deirdre speelt graag de baas!' zei
Melanie.

'Vertel mij wat,' zei ik.

Anne-Fleur giechelde. Zij was de oudste, zag ik.

6 J♥b Hazes

'Jij bent dus André Hazes,' zei Deirdre.
Ze gaf me een cd met een foto op de voorkant.
'Lekker ding wel,' zei ik.
Onder een cowboyhoed zag ik een man met een opgeblazen hoofd, dikke nek en een stelletje gouden kettingen.
'Hij had best wel een buikje,' zei Deirdre.
'Dat verbaast me niks,' zei ik.
'Ik bedoel dat je een kussen aan moet onder je overhemd,' zei Deirdre.
'Welk overhemd?'
'Je kunt een zwart bloesje van ons aan,' zei Melanie.
'Ik haal de verkleedkist even,' zei Deirdre.

'Zou je Job niet eerst wat te drinken aanbieden?' vroeg Anne-Fleur.
'Ik heb geen dorst,' hoorde ik mezelf zeggen.

31

Waarom zei ik dat in hemelsnaam? Ik was uitge-
droogd.
'Of nee, toch graag. Dat is beter voor het zingen,'
zei ik snel.
'Je zíngt helemaal niet!' zei Deirdre. 'We playbác-
ken, weet je wel!'
Weer keek ze me aan alsof ik niet helemaal goed bij
mijn hoofd was.

Melanie gaf me een glas cola toen Deirdre kwam
aanzetten met een enorme doos met allerlei kleuri-
ge lappen.
'Je moet een bruine pruik op, een donkere zonnebril en natuurlijk een zwarte hoed,' zei Deirdre.
Ik keek nog eens naar de foto.
'Die Hazes ziet eruit alsof hij een klap op zijn kop
heeft gekregen,' zei ik.
'Goh Deirdre, hij heeft wél humor, hoor,' zei Melanie.
Zou Deirdre gezegd hebben dat dat niet zo was?
'Ik ga met Job uit de parallelklas. Hij is een kop
kleiner en je kunt níet met 'm lachen.'

Het kussen dat Anne-Fleur met een ceintuur om
mijn maag en rug bond, was zo dik dat mijn armen

een eind van mijn lichaam af stonden. Alsof ik twee volwassen kippen onder mijn oksels klemde! Melanie deed het bijna in haar broek en rende naar de wc.

Toen ik de pruik op had, kwam Anne-Fleur niet meer bij. Misschien omdat hij tot net boven mijn ogen zakte?

'Volgens mij is tie een beetje groot,' zei ik.

'Nee hoor,' zei Deirdre. 'Precies goed.'

Het jeukte waanzinnig. 'Er zitten toch geen vlooien in?' vroeg ik.

Moest die Melanie weer vreselijk lachen, maar ik bedoelde het helemaal niet lollig.

'Wat doe jij eigenlijk aan?' vroeg ik Deirdre toen ik was opgetuigd.

'O gewoon,' zei ze. 'Ik zal me even omkleden.'

Ze kwam terug in kleren die ik nog nooit van haar had gezien. Een glimmend roze truitje boven haar blote buik, een kort zwart rokje en heel hoge schoenen.

'Jij ziet er helemaal te gek uit terwijl ik erbij loop als een leipo!' zei ik.

'Dankjewel, Job.' Ze keek me voor het eerst die middag lief aan. 'Dus je vindt dat ik er mooi uitzie?'

Die ogen! Het voelde alsof ik een beetje smolt,

maar dat kon ook door die pruik komen.

Met z'n drieën vertelden ze hoe ik moest zitten: 'Je bent zo'n triest type, dus schouders laten hangen en een beetje dommig glimlachen. Dat doen mensen altijd als ze verliefd zijn.'
Wist ik dat ook weer.
De tekst was niet zo moeilijk. Het begon met:

In een discotheek
Zat ik van de week,
En ik voelde mij
Dáár zo alleen.

Het refrein vond ik nogal mooi:

'n Beetje verliefd,
ik dacht een beetje verliefd

Zelfs de achtste keer kreeg ik nog een soort kriebel in mijn buik.
Ik zat op een barkruk en moest mijn lippen meebewegen op de tekst en verlekkerd naar Deirdre kijken. Zij hoefde alleen maar op het laatst weg te lopen.

'We gaan ook nog een keer bij jou thuis oefenen,'
zei Deirdre, 'kan ik je hondje zien.'
Zie je wel dat ze lief is, zei ik tegen mezelf. Alleen
lieve mensen houden van honden.

7. Deirdre & Keesje

Deirdre kwam de volgende dag na het eten. Mijn ouders zongen mee.
'Wat een heerlijk liedje toch,' zei mijn moeder. '*Shame* dat hij zo jong is gestorven.'
'Lodderig kijken, Job!' zei Deirdre, 'want die Hazes dronk iedere dag zes kratjes bier.'
'Zes glazen zal je bedoelen?'
'Nee, krátjes!'
'Je ziet mijn ogen toch niet door die zonnebril?' zei ik.
'O nee, dat is waar. Nou, dan doe je bij het optreden maar of je van de barkruk valt.'

Deirdre kon geen genoeg krijgen van Keesje en hij niet van haar. Hij kroop steeds op schoot, ging languit op zijn rug liggen, gaf pootjes, sprong in haar armen, likte haar neus en haalde zijn balletje. Als je niet beter wist, leek het wel of ze verkering met Keesje had.

Eerder die dag had hij van mijn moeder op z'n sodemieter gehad omdat hij een stuk Franse kaas uit
haar boodschappentas had gesnaaid.
Nadat Deirdre een uur (of zo) met Keesje bezig

was geweest, keek ze mij weer aan. 'Cool, Job, die gevangenis in jullie achtertuin!'
'Als je mee naar zolder gaat, kun je het nog beter zien,' zei ik.
'Hoe verzín je het!' riep mijn vader.

Op zo'n opmerking zat ik nu echt te wachten. Ik had al geen idee wat ik wel en niet moest doen. Misschien zou ik boven eens proberen mijn hand op haar schouder te leggen? O nee, dat zag er niet uit met zo'n uitgerekte arm. Alsof ik iets van de bovenste plank moest pakken. Een hand losjes om haar middel? Wat een problemen had ik opeens!
Ik liep voorop de trap op. Keesje wilde ook mee, maar hij mag niet naar boven. 'Slecht voor zijn knieën en onhygiënisch,' volgens mijn vader en moeder. Als ze samen de deur uit zijn, is het natuurlijk juist heel goed voor zijn knieën en hyginisch bovendien. Vind ik.

'Jee, je kijkt echt naar binnen!' riep Deirdre op zolder.
Ik wees naar het raam met de spijltjes: 'Kijk, daarachter zat Kees! En op dat plein mogen de gevangenen luchten. Een beetje rondlopen, balletje trappen.'

'*Chill!*' zei Deirdre. Haar ogen glinsterden. Aha, Deirdre hield van sensatie!

'Een tijdje terug probeerde iemand te ontsnappen,' zei ik heel nonchalant.

'Hoe?'

'Hij had met zijn vriend afgesproken dat die hem zou komen halen met een helikopter.'

'Hoe dan?'

'Met een touwladder die uit de helikopter hing.'

'Zag niemand hem aankomen?'

'Het schemerde al,' zei ik. Dat verzon ik maar, want ik vond het zelf opeens ook nogal onwaarschijnlijk.

'O?' Deirdre keek me nog steeds aan alsof ze het niet geloofde.

'Ze hadden de helikopter geschilderd alsof tie van het Rode Kruis was,' zei ik.

Nu knikte ze. Misschien moest ik boef worden, want deze kwam ook van mezelf.

'Tijdens het luchten slofte die gevangene zo'n beetje rond – hij keek natuurlijk juist niet naar boven – toen die vriend aan kwam vliegen. De gevangene liep naar het midden van het plein, dáár dus...'

Dit was mijn kans. Ik wees met mijn rechterwijsvinger naar het plein en legde mijn linkerhand op haar middel.

Deirdre keek strak voor zich uit en gaf met haar elleboog een harde optater tegen mijn hand.
'Bizar,' zei ze. Ik wist niet precies waar dat op sloeg.
'Sorry hoor,' zei ik, maar ze deed net of ze me niet hoorde.
'En toen?'
'Eh.' Ze had me goed geraakt. Volgende keer nam ik verkering met een meisje met meer vlees op haar elleboog. Misschien had ik wel een vinger gebroken.
'Toen vloog die vent met die helikopter in díe antenne' – ik hield mijn hand in mijn zak – 'en was tie hartstikke dood.'
Het laatste was wel echt gebeurd: een jaar of twintig geleden.

'Dat was nog geen jaar geleden,' zei ik. 'We woonden hier nog maar net. Ach ja, dat heb je als je naast de gevangenis woont. Als je het leuk vindt, vertel ik je nog wel eens wat *inside stories*.'
'Ik speel nog even met Keesje en dan ga ik naar huis,' zei Deirdre toen ze de trap afliep.

8. Picknick

Na nog één keer oefenen bij Deirdre thuis was ze tevreden. Zo ingewikkeld was het ook niet. Ik hing als een zoutzak op de barkruk met een blikje bier in mijn hand. Deirdre zat een potje mooi te zijn en liep weg zodra André zong en ik mimede:

Jij stond op en zei:
'Hou m'n plaatsje vrij,
ik moet even weg,
maar 'k ben zo terug.'

Sinds het aan was tussen ons, had het veel geregend. Het weer was niet mooi genoeg geweest om naar het zwembad te gaan. Wat kon ik samen met Deirdre doen? Het meeste succes had ik geboekt met Keesje.
'Ga je vanmiddag mee Keesje uitlaten in de duinen?' vroeg ik haar de dag vóór de Playbackshow.

'Ja, leuk!'
Dat viel niet tegen.
'Zie ik je om vier uur bij mij thuis.'

Ik had erover nagedacht hoe ik het – zonder het risico te lopen knock-out te worden geslagen – romantisch kon maken. Mijn moeder was niet thuis en dat kwam goed uit. Die had zich er natuurlijk weer mee bemoeid of staan applaudisseren hoe enig ze 't allemaal vond.
Ik stopte een grote, katoenen deken in mijn rugzak en een fles water voor Keesje, vier verschillende blikjes frisdrank, koekjes, chips, een cd-speler en mijn tien lievelings-cd's. Omdat de lucht nogal grijs was, nam ik ook een grote paraplu mee.

Alles bij elkaar was het een heel gewicht geworden.
'Waar slaat dat op?' vroeg Deirdre.
Ze keek met opgetrokken wenkbrauwen naar mijn uitpuilende rugzak terwijl ze Keesje knuffelde. Het klonk niet echt romantisch, maar de middag was nog vroeg.
'Hoe is het met Coco?' vroeg ik toen we de weg waren overgestoken.
'Goed. Ik schrijf het over van Anne-Fleur. Die

heeft in 2-havo een werkstuk over haar gemaakt.'
'Heeft de juffrouw dat niet door?'
'Nee hoor. Waar lopen we eigenlijk naartoe?'
'Ik wil je de hut laten zien die ik deze zomer heb gemaakt toen ik Bommel zelf wilde houden.'
'De hond van die crimineel.'

'Kees is geen crimineel. Hij is een vriend van mij. Het lijkt me leuk om dadelijk te picknicken in de hut.'
'O.' Ze keek niet bepaald enthousiast. 'Ik heb niet zo veel tijd.'
'Druk met je werkstuk zeker,' zei ik.
Nu keek ze me nog vuiler aan. De rugzak werd met de minuut zwaarder.
Ik zette hem op de grond, haalde er een tennisballetje uit en gaf het aan Deirdre. Ze gooide het nog geen drie meter weg. Keesje moest meteen op de rem. Hij legde het keurig in haar hand.

'Wacht,' zei ik, 'ik laat je even zien hoe je het beste kunt gooien.'
Ik haalde mijn arm zo ver mogelijk naar achteren en gooide het balletje een roteind weg. Keesje rende erachteraan. Nu voelde ik me wél een beetje Popeye.

'Wat kan hij hard lopen, hè!' zei Deirdre.
'Wat kan jij hard gooien,' was ook wel leuk geweest.

Zodra we het pad achter ons lieten, voelde ik bij iedere stap de cd-speler tegen mijn rug aan bonken. Deirdre liep ook niet heel relaxed. Er bleken hakjes onder haar schoenen te zitten en ze kwam het laatste heuveltje niet op. Ik stak mijn hand uit en trok haar – met groot gemak – naar boven! Nu was haar gezicht vlak voor me. Alles in me sidderde. Beter maar niet laten merken!
'We zijn er!' riep ik.
Jammer nu weer dat mijn stem halverwege de zin een octaaf oversloeg.

9. Stank voor dank

De hut was prima intact gebleven. Er lag alleen wat meer rotzooi op de bovenkant. Keesje holde van binnen naar buiten en weer terug. Ik ritste de rugzak open en haalde de deken eruit.

'Je wilt toch niet daarbinnen gaan zitten?' vroeg Deirdre terwijl ze buiten bleef staan. Op dat moment vielen er een paar druppels. Ik was nog nooit zo blij geweest met regen!

'Oké dan,' zei ze en ze wurmde zich door de ingang. Ik spreidde de deken uit op de grond en zette alle spullen in het midden. Keesje vloog op de koekjes af, maar ik duwde hem naar zijn bakje met water en haalde een rundleren kauwschoentje uit de tas.

'Ach, wat schattig die vetertjes,' zei Deirdre terwijl ze aan het schoentje van Keesje trok.

Ik wilde bijna vragen of ze de koekjes en chips ook schattig vond, maar dat was natuurlijk kinderachtig.

'Jij mag de muziek uitzoeken,' zei ik.

Ze ging snel door mijn cd's. 'Als ik dat had geweten, had ik die van mezelf meegenomen.'

Is ze ook lief? Ik hoorde het mijn moeder weer vragen.

'Zeg, heb jij dat nu ook: dat het lijkt of we al veel langer verkering hebben?' vroeg ik.

''k Weet niet. Ja, nou, nee, niet echt,' zei ze en pakte een blikje Fanta.

'Ik had niet gedacht dat je mij ooit om verkering zou vragen.'

Zo, dat was eruit.

'Doe deze dan maar,' zei Deirdre en gaf me een cd van Kane.

'Eigenlijk vraag ik me nog steeds af...' zei ik.

Mijn moeder noemt me soms een terriër. Als ik het nu niet zou vragen, wanneer dan wel?

'Hé, kijk!' Deirdre wees op Keesje die de hut kwam binnenstuiven. Hij was een beetje natgeregend en rende op mij af met iets plats in zijn bek met veel zand erop. Ik wreef het ding schoon. Het was een rode portemonnee.

'Openmaken!' zei Deirdre.

Er zaten twee pasjes in: één van de bibliotheek en een kortingskaart voor de trein. In een zijvakje zaten wat bonnetjes.

Op de pasjes stond: mevr. M.E. van Lierop.
Voordat we verder hadden kunnen kijken, rende Keesje weer binnen. Met een kam deze keer.
'Grote jongen!' riep ik.
'Misschien moeten we met hem mee!' riep Deirdre. Haar ogen glinsterden weer. Tjonge, wat was ze toch mooi. Mijn vader had gezegd: 'Een absolute schoonheid, dat meisje.' En mijn moeder noemde haar *A natural beauty*'.

Keesje stond een stukje verderop bij een struik. Zijn linkervoorpoot hield hij schrap en met zijn tanden probeerde hij iets anders onder de grond uit te trekken. Het was een zwart tasje.
Ik nam het van hem over. Deirdre woelde met haar handen door het zand. Even later hield ze een zakdoek in haar hand.
'Gadver!' riep ze.
'Bewaren!' riep ik. 'Voor de DNA-sporen!'
'Hè, wat?' zei Deirdre.
'Wie weet ligt hier het lijk van die vrouw wel,' zei ik.

'Gadver,' zei Deirdre weer.

Er stak nog iets omhoog uit het zand. Het was een donkerblauwe agenda. Voorin stond: Miriam van Lierop, gevolgd door een adres en telefoonnummers.

Deirdre viste haar mobiel uit haar zak.

'De jouwe is zeker nog kapot?' vroeg ze vals. 'Ik bel wel even om te kijken of die Van Lierop nog leeft.'

Ze drukte razendsnel de toetsen in.

'Mevrouw Van Lierop? U spreekt met Deirdre Hogenpohl. Ik heb uw tas gevonden.'

'Wat zegt u? Ze hebben uw autoruit ingeslagen? Een paar maanden geleden al.'

Nu keek ze mij aan.

'Ik geloof het niet. Job, kijk eens of er nog geld in de portemonnee zit.'

Ik hield 'm ondersteboven.

'Nee, wel twee pasjes.'

'Die hebt u al vervangen? Keesje – dat is een hondje – heeft uw agenda en kam ook gevonden. En uw tasje.'

'Wat zegt u? Het was toch een oud tasje? Oké. Ja, ook goedemiddag.'

Deirdre keek me verbijsterd aan.

'Dat takkenwijf vroeg niet eens waar ik woonde. Ik dacht dat ik in de krant zou komen!'

'Samen met Keesje en mij, bedoel je,' zei ik.

Ze keek me geïrriteerd aan. 'Ja, *whatever.*'

'Weet je,' zei ik. 'Die Van Lierop is een stom wijf, maar Keesje is een held!'

Ik nam hem op schoot. 'Je bent een echte speurhond. Ik ben trots op je!'

Deirdre keek op haar horloge: 'Tijd om naar huis te gaan.'

10. Playbackshow

De dag begon goed. Het was stralend weer.
Ik checkte wel twintig keer of ik alle verkleedspullen bij me had. Met het kussen onderin zat mijn tas bomvol.
Meteen na de grote pauze begon het. Alle kinderen van de school, tot de kleuters toe, zaten in de gymnastiekzaal. De handenarbeidjuf had, samen met een stel kinderen, alles met aluminiumfolie versierd. Aan het plafond hingen discoballen, zwarte, fluwelen gordijnen dienden als achtergrond en een hele batterij spotjes stond op het podium gericht.

Onze meester, de juffrouw van 8a en de muziekleraar vormden samen de jury. Ik was niet eens op het idee gekomen dat Deirdre en ik tijdens de andere optredens níet naast elkaar zouden zitten, maar zij zat al hoog en droog tussen haar vriendinnen toen ik binnenkwam.

Ik liep naar haar toe en fluisterde: 'Schuif eens een beetje op? Dan kunnen we samen kijken waar we straks speciaal op moeten letten.'

Haar ogen waren al opgemaakt met veel zwart en goud. Daardoor leken ze nóg groter, mooier en... bozer.

'Nergens voor nodig. We kleden ons wel bijtijds om, ja!' zei ze en ze keerde me haar schattige schoudertje toe.

Ik schoof naast Tom en Jaco.

'Het is wel een kattenkop, hè?' zei Tom.

'Ze kan ook heel lief zijn, hoor,' zei ik.

Tegen Keesje, dacht ik erachteraan. Op de een of andere manier had ik me verkering heel anders voorgesteld, maar dat lag vast aan mij.

Een meisje deed Gwen Stefani na. Anderen traden op als Anastacia, Madonna, Britney Spears en Alicia Keys. Eminem kwam drie keer langs. Nog andere rappers ook. Toen een stel meisjes weer de een of andere meidengroep, Kus of zo, nadeed met allemaal dezelfde pasjes, zei Jaco: 'Gaapgaap.'

Stephan uit de parallelklas kwam op als Elvis toen die al oud en dik was. Stephan is ook dik en met een paar lange, getekende bakkenbaarden op zijn gezicht hoefde hij niet zo veel te doen. Een paar jongens stelden de een of andere *gothic*-groep voor. Wat wij gingen doen, was in ieder geval anders.

Toen Frits als Robbie Williams opkwam, begonnen de meiden al te gillen voordat hij achter de microfoon stond. Hij begon niet meteen te playbacken, maar riep eerst: *'Are we having fun?!'*
Iedereen blèrde 'Yeah!' De kleintjes ook. Waarom had ik dat niet verzonnen?
Halverwege zijn optreden trok hij juffrouw Mineke van groep 3 op het podium. Zij is heel klein en Frits stak wel een kop boven haar uit. Hij deed net of hij haar ging zoenen en al die meiden bleven er bijna in. Deirdre ging zelfs rechtop staan om Frits toe te juichen.
Ze had niet één keer achterom gekeken.

Toen wij aan de beurt waren, gooide de gymnastiekleraar het licht vrijwel uit. Dat had Deirdre zeker geregeld. Met mijn donkere zonnebril op zag ik geen hand voor ogen zodat ik, nog voordat de muziek was begonnen, al languit op het podium lag. De hele zaal lag in een deuk, maar

Deirdre snauwde: 'Shit, Job!'
Alsof ik daar voor mijn lol op mijn dikke kussen-
buik lag.
Er werd ook heftig gefloten, maar dat was vast niet
voor mij bedoeld. Deirdre had zich nog meer op-
getut dan bij het oefenen. Een of ander plastic rokje over een ander gevalletje, glitter in haar haar,
lange oorbellen en felroze lippen.

Ze was met afstand de mooiste van de hele school.
En daar stond ik dan: met een buik alsof ik hoog-
zwanger was, een afgezakte kriebelpruik en een
blikje Heineken in mijn hand.
De barkrukken stonden naar de zaal toe gekeerd.
Ik deed mijn best om zo goed mogelijk mijn lippen te bewegen. Toen Deirdre halverwege weg
tripte, werd er weer volop gefloten. In mijn eentje
voelde ik me nog meer voor lul zitten. Na:

Deze nacht ben jij voor mij,
Maar die droom ging snel voorbij

struinde ik naar de kleedkamer. Zonder te vallen
deze keer.

De zaal begon meteen te stampvoeten.

Voor mij, dacht ik, tot het tot me doordrong dat wij de laatste waren geweest en de jury de winnaars ging kiezen.

Deirdre stond in de kleedkamer met twee vriendinnen.

'Wat denk je?' vroeg ik.

'Als jij niet was gevallen...' zei ze.

Ik weet niet waarom, maar opeens kon het me weinig meer schelen of we zouden winnen of niet.

'Job,' zei Deirdre.

'Ja?'

'Ga je dadelijk mee naar het zwembad? Frits en Marja gaan ook.'

Kan je hart een sprongetje maken? Ik hoopte meteen weer heel fanatiek dat we toch zouden winnen. Dan zou het nog leuker zijn in het zwembad.

Juffrouw Mineke stond in de deuropening: 'Allemaal de zaal in. De jury heeft besloten!'

Onze meester hield een verhaaltje. 'Het is grappig om te zien met hoeveel gemak jullie, op zo jeugdige leeftijd, al die liefdesliedjes voor het voetlicht brengen!'

'Jong geleerd, oud gedaan!' riep Frits.

'Ik weet het, Frits,' zei de meester, 'ik hoef jou niets meer te leren. Goed, de prijzen.'

Iemand sloeg op een trommel en liet het geroffel aanzwellen.

'De derde prijs gaat naar een buitengewoon komisch duo. Mijn complimenten aan Deirdre en Job. Deirdre omdat ze zo onbubbelzinnig duidelijk maakte dat ze níets, maar dan ook helemaal níets van Job moest hebben en Job omdat hij volledig in katzwijm raakte als hij naar Deirdre keek.'

Ik pakte Deirdres hand om samen naar voren te stappen, maar ze schudde zich los. De meester zag het en riep: 'Dat bedoel ik dus!'

Een meisjesgroep kreeg de tweede prijs en Frits de eerste. 'Heel knap, Frits. Je imitatie en optreden zijn weergaloos. Als je wat zanglessen neemt, ligt er een grote carrière voor je in het verschiet.'

Alle meiden gilden alsof de echte Robbie Williams voor hun neus stond.

We kregen allemaal een cadeaubon.

'Ik zie je zo in het zwembad, ja?' zei Deirdre voordat ze wegliep.

11. En de winnaar is...

Ik fietste als een gek naar huis.
Keesje sprong tegen me op alsof hij me in geen weken had gezien. Hij pakte zijn lap, een oud T-shirt, en we trokken allebei om het hardst aan een uiteinde.
Mijn moeder zat in de tuin in het zonnetje.
'En?'
'De derde prijs,' zei ik.
'*Great!*' riep mijn moeder. 'Gefeliciteerd!'
'Ik geloof dat het Deirdre een beetje tegenviel,' zei ik.

'Hm.' Mijn moeder keek me kritisch aan. 'Hoe lang is het nu aan?'
'Elf dagen.'
'Deirdre is de jongste thuis, hè? Die meisjes gedragen zich wel vaker als *the princess*, zeker in gezinnen met alleen maar meisjes.'

Deirdre de prinses? Daar zat wel wat in, maar ik wilde niet dat mijn moeder haar een verwend kreng vond.

'Als we samen zijn, is ze heel anders,' zei ik.

'Dat is fijn om te horen,' zei mijn moeder terwijl ze me aankeek alsof ze me niet geloofde.

'En nu ga ik naar het zwembad met Deirdre en nog wat vrienden.'

'Vrienden?'

Ik wist ook niet waarom ik zo interessant liep te doen.

'Ja, jij kent ze niet.'

Mijn moeder had Marja natuurlijk wel eens op school gezien. Van Frits had ze al vaak gezegd dat ik hem eens mee naar huis moest nemen.

'Die jongen heeft het niet bepaald makkelijk. Het valt niet mee als je moeder ineens vertrekt. Ik vind het heel knap dat die vader in zijn eentje voor Frits zorgt. Waarom vraag je niet of ze eens met z'n tweeën komen eten?'

'Omdat ik hem niet aardig vind,' had ik gezegd.

'Hij neemt me vaak in de zeik,' had ik ook kunnen zeggen, maar daar had ik geen zin in.

Het was rustig in het zwembad. Helemaal achteraan op het grasveld lagen Frits en Marja samen op
één gestreepte handdoek. Deirdre zat ernaast op
een groot roze strandlaken.
'Hi Job!' riep ze toen ik aankwam.
De zon scheen in haar ogen. Ze droeg een bikini
met oranje en roze figuurtjes. Op haar huid zaten
overal lichtbruine sproetjes. En ze had al kleine
borstjes, zag ik. Ik had nog nooit zo veel moois bij
elkaar gezien en dat was míjn verkering!
'Ha, hi, hoi!' riep ik.
En daar achteraan: 'Gefeliciteerd met de eerste
prijs, Frits! Je was supercool!'

Het maakte mij niets uit, ik wilde de hele wereld
wel met álles feliciteren.
'Ik vond jullie ook megavet,' zei Marja. 'Jij zag er
prachtig uit, Deirdre, en van jou vind ik het heel
knap dat jij zo voor paal durfde te staan, Job. Dat
doen er je niet veel na, want iedereen wil juist de
blits maken.'
Ik had er nooit zo op gelet, maar ik zag dat Marja
een heel lief gezicht had. Haar figuur was nog recht
en sprieterig.
Onder mijn kleren had ik mijn zwembroek al aan.

Ik pakte mijn handdoek uit mijn tas toen Deirdre
op haar handdoek klopte. 'Hier!'
Ik ging als een haas naast haar liggen.

Waar moest ik mijn armen laten? Nonchalant onder mijn hoofd of naast mijn lichaam? Dat laatste
zag er zo dooiig uit. Of gingen we meteen zwem-
men? Daar denk je al snel aan bij een zwembad. Zo
was ik bezig toen Deirdres gezicht opeens boven
me hing. Het volgende moment drukte ze haar
mond op de mijne. Haar lippen zo zacht als…
Keesjes buikje! Kan je hart in je keel kloppen? Ik
stond in brand!

We lagen op onze zij – ik met mijn rug naar Frits
en Marja – en Deirdre en ik waren aan het zoenen!
Van de schrik hield ik mijn ogen een tijdje dicht.
Toen ik ze weer opende, verwachtte ik in Deirdres
ogen te kijken, maar dat was niet zo. Deirdre had
ze wel open, maar ze tuurde ingespannen naar iets
schuin achter mijn schouder. Ik draaide me om en
keek recht in Frits' ogen. Ogen, die verliefd Deirdre aanstaarden.
Hier klopte iets niet!

12. Een beetje verliefd

Ik nam een spurt zoals ik nog nooit had gedaan en rénde naar het zwembad. Zonder te stoppen sprong ik in het water. Gelukkig was ik nog wel zo slim om dat in het diepe te doen, anders was het slecht met me afgelopen. Nóg slechter, moet ik zeggen. Volgens mij was ik het laatste halfuur vijf jaar ouder geworden. Deirdre *the princess*? Deirdre *the bitch!* Wat een ongelofelijke trut!
Als ik niet oppaste, moest ik nog huilen ook, maar dat gunde ik haar niet.

Voordat ik terugliep hield ik mijn hoofd een tijdje onder water. Als mijn kleren niet bij die twee sukkels hadden gelegen, was ik ertussenuit geknepen, maar ik had niet eens mijn fietssleuteltje. Ik zag al voor me dat ik, druipend en wel, in mijn zwembroek van het zwembad naar huis zou lopen.
Over zielig gesproken.

Marja was nergens meer te bekennen.

Frits en Deirdre lagen op zijn handdoek. Deirdre ging rechtop zitten toen ze me zag.

'Sorry Job, het is uit tussen ons. Ik ben nu met Frits. En ik zal het je maar eerlijk zeggen: ik heb jou gebruikt om Frits jaloers te maken. Dat hadden mijn zussen me aangeraden.'

'Je bent me net voor,' zei ik terwijl ik mijn tas pakte. 'Ik was een béétje verliefd op je, maar niet genoeg.'

Frits staarde naar iets in het gras. Toen hij naar me opkeek stak ik mijn middelvinger omhoog.

Mijn fiets wilde niet van het slot: het sleuteltje bibberde. Ik gaf een harde trap tegen het achterwiel. Nu moest ik het spatbord terugbuigen. Dat schoot lekker op.

Wat dachten ze wel niet? Gek genoeg was ik veel kwader op Deirdre dan op Frits, hoewel hij natuurlijk een klootzak was om Deirdre in te pikken en Marja te laten zitten. Maar het brein achter dit plan was overduidelijk Deirdre. Frits zat er maar een beetje dom bij te kijken, natuurlijk ook niet bestand tegen Deirdres heksenstreken.

Eén ding wist ik zeker: ik ging niet naar huis.

'Dat verbaast me niets van dat meisje,' zou mijn moeder zeggen. 'Typisch een actie van een prinses.'

Of nog erger: dat ze me ging troosten.

'Ach, my sweety. Ben je voor het eerst *in love* en overkomt dit je... *Life is tough.'*

Als ze gestrest of nijdig is, begint ze altijd in het Engels.

Ik had ook geen zin om naar Jaco of Tom te gaan. Die hadden geen verstand van meisjes.

Opeens wist ik het. Ik ging naar Kees! Zijn vrouw had hem een tijd geleden ook voor een ander gedumpt. Nu maar hopen dat hij thuis was. Als ik een mobiel had gehad – zoals ieder normaal kind van mijn leeftijd – had ik 'm kunnen bellen, maar nu moest ik het er maar op wagen.

Tijdens het fietsen voelde ik de stoom uit mijn oren spuiten. Eén grote val was het geweest: van het begin af aan! Daarom had Deirdre natuurlijk de hele tijd zo kribbig gereageerd als ik bij haar in de buurt kwam: ze moest niets van mij hebben. Ik was alleen maar een bruggetje naar Frits geweest.

Bij de playbackshow had ze zich op haar mooist kunnen uitdossen met mij als uitgevloerde doedelzak naast zich. Viel nog meer op hoe knap zij was. En ik maar denken dat ze ook verliefd op mij was, maar het een beetje onhandig uitte...

13. Mannen onder elkaar

Om de hoek van Kees' huis stond zijn auto. Een enorme, gele bak met in groene letters op de zijkant de naam van zijn baas: Van de Broek Verhuizers. Toen Kees een halfjaar in de gevangenis zat, hadden ze een uitzendkracht voor hem in dienst genomen. Daarna was hij weer gewoon aan het werk gegaan, met Bommel naast hem op de bank. Kees begint vaak vroeg met werken – 's morgens om een uur of vijf – en daarom is hij 's middags meestal weer bijtijds thuis.

'Hé, wat een verrassing!' riep Kees toen hij de deur opendeed. 'Leuk dat je met dit weer zo'n oude man opzoekt.'
Kees is iets ouder dan mijn ouders, ergens in de veertig.
'Moet je niet naar het strand of het zwembad met je vriendjes?'

Bommel kwam vanuit de tuin aan spurten en sprong tegen me op. Ik liet me door mijn knieën zakken en stopte mijn hoofd in zijn nek zoals ik heel vaak had gedaan toen hij bij mij woonde. Bommel likte mijn gezicht.

Nee hè, nu kwamen de tranen.

Kees keek me aan.

'Als je een paar jaar ouder was geweest, had ik je een borrel aangeboden. Wat is er gebeurd, knul?'

'Ze heeft me belazerd!' riep ik.

'Ho, wacht,' zei Kees. 'Ik haal een glas cola voor je en dan vertel je het hele verhaal van voren af aan.'

'Wat een wijvenstreek!' riep Kees toen ik klaar was. 'Maar weet je hoe je ze het meest terugpakt?'

'Eerst sla ik Frits zijn kop eraf en dan zie ik wel weer,' zei ik.

'Helemaal fout,' zei Kees. 'Als je net doet of er niets aan de hand is – hoe zeggen jullie dat: je cool gedraagt – beleven ze het minste lol aan je. Heel goed wat je in het zwembad gezegd hebt – dat je toch al niet meer verliefd op haar was –, zo moet je doorgaan.'

Had ik toch nog íets goed gedaan!

67

'Ik weet niet, hoor,' zei ik, 'of ik geen wraak ga nemen.'

'Zonde van je energie,' zei Kees. 'Er lopen genoeg
mooie meiden rond die wél aardig zijn.'

'Ik hoef nooit meer verkering,' zei ik.

'Dat zei ik ook, weet je nog?'

'Wat bedoel je?'

'Ik ben met Miep,' zei Kees. 'Je weet wel, dat leuke
vrouwtje van de Drentsche Patrijzenvereniging.'

'Zegt ze nog steeds bij alles "is goed"?' vroeg ik.

'Ja, lief hè?' zei Kees terwijl hij dromerig naar buiten staarde.

'Hoe lang is het aan?' vroeg ik.

'Eens kijken, zes dagen,' zei Kees. 'Op zondag zijn
we uit eten geweest. Vanavond gaan we naar de bio-
scoop.' Hij keek op zijn horloge.

'Ik ga al, hoor,' zei ik.

'Nee, doe maar rustig aan. 't Is alleen dat Bommel
nog uit moet en ik me zo ga douchen. Ik heb een
luchtje gekocht – vrouwen vinden het heel belangrijk hoe je ruikt – en een nieuw overhemd.'

Had ik de aftershave van mijn vader soms op moeten spuiten voor Deirdre?

'Ik ga toch naar huis,' zei ik. 'Mag ik mijn moeder even bellen dat ik eraan kom?'

'Hé, daar zeg je zoiets. Heb jij eigenlijk een mobiel?'

Kees liep naar de keuken en kwam terug met een klein, blauw model in zijn hand.

'Ik heb van het werk een nieuwe gekregen. Jij mag deze hebben. Er zit nog een kaart in waar bijna niets van is gebruikt.'

'Vet!' riep ik.

'Niet naar je zin?' vroeg Kees.

'Chill, bedoel ik.'

'Wat zeg je toch allemaal, joh?'

'Tof! Dankjewel!'

Voor het eerst die middag voelde ik me weer een beetje normaal, bijna blij.

'Zul je zien, gaat al je zakgeld op aan die kaarten,' zei mijn moeder.

'Ja, en maar sms'en met die Deirdre, hè?' zei mijn vader. 'Ik mis je zo. Mis je mij ook?'

'Ja hoor,' zei ik, 'je hebt gelijk. Ik ga naar boven, ik ben moe.'

'Dat is de eerste keer dat je dat zegt!' zei mijn moeder. 'De liefde kan *exhausting* zijn.'

Bovenaan schreef ik: *Hoe Neem Ik Wraak Op Deirdre:*

1. Aan haar juffrouw vertellen dat ze haar werkstuk over Coco overschrijft ➤ Deirdre wordt van school gestuurd ➤ moet naar kostschool ➤ einde verkering met Frits.

2. Iets in het water van het zwembad strooien waardoor Deirdre blijvende schimmel oploopt

➤ Frits houdt niet van groene meisjes ➤ maakt het uit.

3. Jeukpoeder in Deirdres jas stoppen ➤ krabt haar mooie huidje open ➤ loopt infectie op ➤ moet naar sanatorium in Zwitserland ➤ duurt Frits te lang.

4. Alle collega's van Kees sms'jes aan Deirdre laten sturen met 'I love you' ➤ Frits krijgt er lucht van ➤ wil geen lellebel ➤ Frits stopt verkering.

5. Frits valt met zijn mountainbike (misschien lag er iets op de weg…) ➤ komt met zijn hoofd ongelukkig terecht op stoeprand ➤ Frits dood ➤ Deirdre verkeringsweduwe.

6. De banden van Deirdres fiets laten leeglopen als Frits niet in de buurt is ➤ J♥b repareert ze ➤ Deirdre kijkt vol bewondering naar J♥b ➤ Deirdre spijt ➤ vraagt weer verkering aan J♥b ➤ J♥b zegt: 'Nee!' ➤ volgende dag: J♥b zegt: 'Oké dan!'

Dat laatste was natuurlijk te belachelijk. Ik begon nooit meer aan een meisje en al helemaal niet aan Deirdre.

14. Ontsnapt

Op maandag stapte ik op Marja af. 'Ben jij ook zo kwaad?'

'Kwaad? Nee, eerder verdrietig,' zei Marja. 'En ik vind het niet echt lekker dat ik de hele volgende week tegen Frits moet aankijken.'

De meester had meteen aan het begin van het schooljaar een werkweek georganiseerd. 'Ik heb gemerkt dat het bevorderlijk is voor de sfeer in de klas om zoiets vroeg in het jaar te doen, zeker in groep acht.'

Bevorderlijk voor de sfeer? Nou, daar zou hij na die week heel anders tegenaan kijken. Ik was niet bepaald van plan om gezellig met Frits op te trekken.

'We laten ons niet op de kop zitten door die sukkels,' zei ik tegen Marja. 'Als je je lullig voelt, kom je maar naar mij toe.'

Kees zou trots op me zijn.

'Ik geef je het nummer van mijn mobiel,' zei ik.

Helemaal te gek om dat eindelijk te kunnen zeggen.

Marja tikte razendsnel mijn letters en cijfers in.

'Goed idee, neem jij dat van mij,' zei ze. Toen ze zag hoe ik stond te klungelen, nam ze het over: 'Kijk, eerst druk je op 'nieuwe contacten', daarna voer je mijn naam in, dan het nummer.'

'Tik die van Deirdre ook maar meteen in,' zei ik.

Marja keek me vragend aan.

'Misschien stuur ik haar wel een sms'je,' zei ik.

'Hoezo?' vroeg Marja.

'Dan schrijf ik: "Wat ben jíj lelijk!"'

Marja giechelde en sloeg het nummer roetsjroetsj-roetsj op.

Met wie zou Marja zoveel sms'en? Niet met Frits, want die had ook nog geen mobiel.

Volgens mij kon ik tot mijn twintigste met die kaart van Kees doen. Ik had geen idee met wie ik moest bellen of sms'en.

Jaco en Tom waren allang blij dat het uit was met Deirdre. Ik had alles bij elkaar toch wel veel tijd met haar doorgebracht. Op dinsdag lieten we met z'n drieën Keesje uit in de duinen. We gooiden om de beurt een stok weg en de dummy, die ik op de training voor hem had gekocht. Jaco liet Keesje aan zijn trui ruiken en verstopte 'm dan. Keesje vond 't hartstikke leuk en als iets maar genoeg stonk – zoals Toms sok – snorde hij het op.

Toen we overstaken naar de duinpan, kwamen er opeens drie oudere jongens aan. Ze droegen alledrie een spijkerbroek en een hemd met korte mouwen. Eén zat onder de tatoeages, de tweede had korte bruine stekeltjes en bij nummer drie zag ik, toen ze voor ons stonden, dat hij drie getatoeëerde puntjes tussen zijn rechterduim en -wijsvinger had. Ik wist van Kees wat dat betekende: ik heb in de bak gezeten.
'Die malloten zijn er nog trots op ook en willen dat iedereen het weet!' had Kees gezegd.

'Luister, jullie hebben ons niet gezien,' zei die met het stekeltjeshaar.
'Ik zie n-n-n-niemand,' zei Tom.
De jongen met de puntjes op zijn hand haalde ongeduldig zijn schouders op.

'Doe niet zo eng,' zei hij tegen die ander. 'Vertel eens, gabbertjes, waar is het station?'

Alledrie tegelijk wezen we dezelfde kant op: 'Daar!'

De jongen die was opgetrokken in tatoeages, zat op zijn hurken Keesje te aaien. Van dichtbij zag ik dat alle tatoeages dieren voorstelden. Een olifant, giraffe, tijger, krokodil. Safari aan huis!

'Wat een lollig beestje,' zei hij. 'Zo één hebben wij vroeger thuis ook gehad. Het is toch een Drentse Patrijs? Lief is tie!'

Hij keek naar zijn maten. 'Zullen we 'm meenemen?'

Iets kolkte in mijn keel omhoog.

'Als jij…' zei ik.

Tom pakte mijn hand en kneep erin.

'Rustig maar, knul,' zei Tatoo. 'Geintje!'

Zonder ons nog aan te kijken liepen ze richting station.

15. Vier medailles

'Dit is niet p-p-pluis,' zei Tom.

Jaco zag lijkbleek.

'Níet rennen, rustig lopen,' zei ik. En tegen Keesje: 'Vólg!'

Het was wel duidelijk dat ik hier de man met ervaring was.

'Er is niets aan de hand,' zei ik. 'Ik bedoel: wíj lopen geen gevaar. We gaan naar de gevangenis – daar ken ik ze toch allemaal – en melden wat we hebben gezien.'

'Ze waren ontsnapt,' zei Tom, 'want ze hadden geen tas of koffer bij zich.'

'Als ze vrijkomen, krijgen ze hun spullen mee in een lichtblauwe vuilniszak,' zei ik. Zoiets weet je als buurman.

'Wat zouden ze gedaan hebben om uit te breken?' vroeg Jaco.

'Belangrijker is wat ze hebben gedaan om ín de gevangenis te komen,' zei Tom. 'Vaak plegen ze, als ze weer op vrije voeten zijn, hetzelfde delict als waarvoor ze zijn opgepakt.' Als Tom zenuwachtig is, gaat hij deftig praten. Die woorden leert hij van zijn vader die notaris is.

'Stom,' zei Jaco.

Een helikopter vloog laag over.

'Ze zijn ze natuurlijk aan het zoeken,' zei ik. 'We moeten de aandacht van de piloot trekken, dan kunnen we een teken geven.'

We trokken onze T-shirts uit en zwaaiden er onwijs mee, maar de helikopter vloog door in noordelijke richting. Het station ligt ten oosten van de duinen, ze zaten helemaal fout.

'Waarom bel je de politie niet met je mobiel?' vroeg Tom.

Had ik weer! Kon ik dat ding eens gebruiken, lag hij op mijn nachtkastje.

'Bedoel je,' zei Jaco tegen Tom, 'dat als die drie mannen eerder bijvoorbeeld jongetjes hebben vermoord, ze het nu weer hadden kunnen doen?'

'Vaak doen ze het niet meteen, meestal wachten ze een paar dagen,' zei Tom, 'maar het hád gekund.'

'Ik ben benieuwd of Keesje ook een medaille krijgt,' zei ik.

'Een medaille?' vroeg Jaco.

'Ja, wat denk je dan. Wij geven de gouden tip voor maar liefst drie ontsnapte gevangenen. Er staat ons de komende dagen heel wat te wachten: pers, tv.'

Ik zei niet hardop dat ik het gezicht van Deirdre al voor me zag!

'Wat ik raar vind,' zei Tom, 'is dat ze ons naar het station vragen en daarna laten lopen. Dan kunnen ze toch bedenken dat we die informatie doorspelen aan de autoriteiten.'

'Misschien zijn ze daar te stom voor,' zei Jaco.

'Of het was júist een truc om ons – en dus iedereen – te misleiden. Met andere woorden,' zei Tom, 'ze gaan óveral naartoe behalve naar het station.'

Waarom had ik dat niet bedacht? Ik was de prof.

We waren bijna bij de weg.

'Hoor je dat?' vroeg Jaco.

Verschillende sirenes gilden door elkaar.

'Ze zoeken ze in alle richtingen behalve in de goede,' zei ik.

Zouden er al fotografen bij de gevangenis staan? Ik

deed Keesje zijn riem om en zorgde ervoor zo rechtop mogelijk te lopen.

'Laat mij het woord maar doen,' zei ik.

Vóór de poort stonden twee bewakers. Ik holde naar ze toe. Tegelijkertijd kwam een donkerblauw busje aanrijden.

'Wij weten waar ze zijn!' riep ik tegen de bewaker met het rare brilletje, die er heel vaak staat.

'Momentje,' zei hij.

Een agent stapte uit het busje en zei tegen het brilletje: 'We hebben ze weer. Ze zaten uit te rusten op een bankje in de duinen.'

'De drie misdadigers?' vroeg ik.

De agent keek me aan. 'Hé, jij bent die jongen van die hond. Je woont hiernaast!'

Nu zag ik het ook. Hij keek naar Keesje. 'Wat is hij klein geworden!'

Nog net zo lollig.

'Dit is mijn éigen hond,' zei ik.

'Dat zei je vorige keer ook.'

Zouden politieagenten altijd het laatste woord moeten hebben?

De bewaker schreef iets op een lijst.

'De ontsnapte gevangenen liepen naar het station!' riep ik.

'Nu zitten ze gezellig in het busje,' zei de agent.

Shit! Tom en Jaco keken ook behoorlijk teleurgesteld.

'Wat hadden ze gedaan?' vroeg ik.

'Dat mag ik eigenlijk niet zeggen,' zei de agent. 'Maar vooruit, het zal toch allemaal wel weer in de krant komen. Die drie gasten hadden kookles en toen hebben ze de leraar met een pannetje op z'n kop geslagen. De man viel flauw en toen namen zij de kuiten door een raampje.'

'Waren het moordenaars?' vroeg Jaco.

'Nee hoor, kruimeldiefjes,' zei de agent. 'En die sirenes dan en die helikopter?' vroeg ik.

'O,' zei de bewaker. 'Vandaag is er een proceszitting van Vladimir B. en daar wordt altijd veel beveiliging op gezet. Nou, tot ziens maar weer, jongens. Het is mooi weer. Waarom gaan jullie niet lekker naar het zwembad?'

Ik kon het woord zwembad niet meer horen.

16. Schoolkamp

Omdat volgens de meester de subsidiekraan was dichtgedraaid, reden we niet met de bus naar de Waddeneilanden of de Veluwe – zoals klassen vóór ons hadden gedaan –, maar fietsten we naar een of ander terrein nog geen tien kilometer van huis. Normaal gesproken gingen er hulpouders mee, maar de meester vond dat hij het wel in z'n eentje afkon.

Halverwege de fietstocht klonk een enorme knal. 'Dat is de Explosieven Opruimingsdienst,' zei de meester. 'Ze zijn bezig met uitbreiding van de waterleiding.'

Overdag zouden we schoolwerk doen en iets van sport, 's avonds een spel of disco.

Goed balen dat ik Keesje vijf dagen niet zou zien. Het kampgebouw had een rieten dak en stond midden in het bos. Met zeventien jongens lagen we in een slaapzaal aan de achterkant, de twaalf meisjes sliepen aan de voorkant en de kamer van de meester lag ertussenin.

Onze fietsen moesten meteen in een groot fietsenhok dat werd afgesloten door Fred, de beheerder. Zijn vrouw, Denise, kookte. Er hing een corveeschema klaar met een indeling waarop stond wanneer we moesten helpen met tafeldekken, afruimen en schoonmaken.

'Zo zien in films slaapplaatsen bij het leger er ook altijd uit,' zei Tom toen we onze spullen inruimden. Tussen de bedden in stond voor ieder een hoge, smalle, groene kast. Iedereen gooide er zijn troep zo hard mogelijk in en ging dan met zijn volle gewicht tegen het slot aan hangen. Alleen Tom maakte keurige stapeltjes.

Frits nam gelukkig een bed aan het andere uiteinde van de slaapzaal, bij het raam.

's Middags deden we 'Levend Stratego' op het grasveld vóór het gebouw. De meester zat onder een boom in de schaduw.

Opeens riep Frits: 'Nu al aan het sms'en, meester? Als 't maar naar uw vrouw is, dan is 't goed.'

'Frits, bemoei jij je even met je eigen zaken?' riep de meester, maar hij stopte zijn mobiel in zijn zak. Wij hadden die van ons niet mee mogen nemen. 'Al dat nerveuze gedoe,' had de meester gezegd. 'Als je je ouders wilt bellen, is er gewoon een ouderwetse telefoon in het gebouw.'

Van de macaroni 's avonds bleef bijna alles over omdat iedereen z'n meegenomen snoep al op had. Wie ermee begon weet ik niet, maar op een gegeven moment vloog de macaroni over tafel. 'Knip' met je vinger tegen zo'n elleboogje en maar kijken waar het bleef hangen. Jaco schoot er een in Fatima's bloesje.
De meester kon er helemaal niet om lachen toen hij op het lawaai afkwam.
'Oké, zoals jullie het willen. Eet ik voortaan met jullie in plaats van met Fred en Denise.'

's Avonds zette Fred ons in vier groepjes af in de duinen voor een dropping. Ze waren zeker bang dat we echt zoek zouden raken, want je kon vanaf ieder punt de vlag zien die boven op het kamphuis wapperde.
Toen we terug sjokten, ging het gesprek maar over

één ding: hoe konden we naar de meisjeszaal komen zonder door de meester te worden gesnapt. Buitenom of binnendoor, meteen of pas na een paar uur?

Ralph had een bus scheerschuim van huis meegenomen; die zouden we op de haren van de meisjes spuiten.

Frits zat in mijn groepje en hij deed, gek genoeg, zijn mond niet open.

'Wat lijkt jou het beste?' vroeg Hugo hem.

'Hè, wat?'

'Hoe laat we het beste naar de meiden kunnen gaan?'

'Volgens mij ga ik gewoon maffen,' zei Frits.

Vond hij ons soms kinderachtig omdat hij een jaar ouder was? Of omdat hij al verkering had met dat loeder?

Om tien uur was iedereen weer binnen. We kregen een kop warme chocola en daarna moesten we naar bed. Uiteindelijk werden we het erover eens dat we eerst even gingen slapen en dan om één uur naar de meisjes zouden sluipen. Ralph had een wekker op zijn horloge en zou ons wakker maken.

17. Nachtelijke surprise

Toen Ralph me wakker schudde, was het me niet meer helemaal duidelijk wat er nu zo opwindend aan was om midden in de nacht uit een warm bed te stappen. Overal om me heen hoorde ik ook: 'Laat me liggen. Ik ben dood.'
Uiteindelijk stonden we dan ook niet met z'n zeventienen, maar – zoals we later uitrekenden – met elf man voor de deur van onze slaapzaal.
'Een stelletje slappelingen zijn 't,' mopperde Ralph. 'Moeten ze het zelf maar weten.'

In de gang was het doodstil, ook bij de kamer van de meester. Geen streepje licht of geluid te bespeuren.
'Hé, luister eens,' zei Jaco.
Er klonk geritsel, alsof er over bladeren werd gelopen.
'Dat zijn de meiden, die komen buitenom naar ons toe!' fluisterde Tom.

'Terug!' riep Ralph. 'Door het raam!'
We slopen zo zacht mogelijk achter elkaar de slaapzaal weer in.
Ralph schoof het raam omhoog. Hij zette één voet in de vensterbank en stak zijn hoofd naar buiten.
'Toinnk?!' Ralphs hoofd stuiterde terug alsof het een boksbal was.
Er stond een grote vent voor het raam.

'En nu als de sodemieter jullie bed in!' riep de meester.

Hij liep een paar passen de andere kant op en riep: 'En de dames wil ik ook niet meer horen!'

'Hé meester,' zei Jaco. 'Hoe wist u dat wij...?'
'Ik sta bijna twintig jaar voor de klas,' zei de meester. 'Hoe vaak denk je dat ik met dit bijltje heb gehakt? Vannacht zal ik het door de vingers zien, maar morgen krijgen jullie straf als jullie me weer uit mijn slaap houden.'
We dropen af, naar ons bed. Er werd niet eens meer gekletst; ik was ook meteen onder zeil.

Toen ik 's morgens mijn ogen opendeed, stond Tom aan mijn bed.
'Heb jij Frits gezien?'
'Ja, gisteravond. Hoezo?'
'Hij is weg.'
'Misschien naar de wc of douchen?' vroeg ik.
'Dacht je dat niemand daar nog aan gedacht had?' vroeg Tom kribbig.
'In z'n eentje aan het voetballen of zo?'
Ik zat vol goede ideeën.

'Nee, iedereen is hem aan het zoeken, maar jij slaapt overal doorheen.'

Ik ging rechtop zitten.

'De meester is volledig in paniek. Hij heeft Frits' vader al gebeld om te vragen of hij thuis is.'

'Thuis?'

'Ja, waar anders?'

'Misschien is hij wel naar die stomme trut,' zei ik.

'Hebben ze al naar gebeld. Is hij ook niet.'

'Als Frits niet snel boven water komt, fietsen we met z'n allen terug naar school,' zei Tom, 'en begeven we ons naar huis.'

Ja hoor, *begeven*, het was weer zover.

'De politie komt straks.'

'Hoe laat is het?' vroeg ik.

'Acht uur. Het vermoeden bestaat dat Frits maar heel kort in bed heeft gelegen. Zijn bed was nauwelijks beslapen. Onderzoek wijst uit dat zich maar weinig kreukels in het kussen bevinden. Kleed je maar snel aan.'

'Dus toen wij naar de meisjes gingen…'

'Was hij waarschijnlijk al weg.'

Ik kreeg acuut een rotgevoel in mijn maag. Frits

had dan wel mijn meisje afgepakt – of beter gezegd: zich laten inpakken – maar ik moest er toch
niet aan denken dat hem echt wat was overkomen
(ook niet met z'n mountainbike...).
Zou hij misschien een geintje uithalen? Had hij
zich ergens verstopt?
Nu ik aan gisteren terugdacht, was het alsof hij er
met zijn gedachten niet bij was geweest. Hij was de
hele dag opvallend rustig geweest. Hij had niet
meegedaan aan het schieten met de macaroni en
tijdens de dropping was hij ook stil geweest.

18. Einde kamp

Ik was niet de enige die had opgemerkt dat Frits zich maandag gedeisd had gehouden. Iedereen zat door elkaar te kakelen tegen de twee rechercheurs.
'Heeft iemand enig idee wat hem dwars kan zitten?' vroeg de oudste van de twee.
'Z'n moeder is weggelopen,' zei Annette.
'Ja, maar dat is al twee jaar geleden,' zei Ingrid.
'Daar vertel ik u later meer over,' zei de meester, die erbij zat alsof hij geen oog had dichtgedaan. Ongeschoren en met een grauw gezicht.

'Wie van jullie is met Frits bevriend?' vroeg de jonge rechercheur, die er precies zo uitzag als de ontsnapte gevangene met de stekeltjes.
We keken elkaar aan. Niemand stak zijn vinger op. Daar had ik nooit bij stilgestaan. Frits trok eigenlijk met niemand in het bijzonder op.
'Hij heeft verkering!' riep Susanne.

'Met Deirdre,' zei Annette.
'Ja, dat hebben we gehoord,' zei de oudste.
'Is iemand wel eens bij hem thuis geweest?' vroeg
de jonge.
Weer keken we elkaar aan. Niemand gaf antwoord.

Nadat de rechercheurs waren vertrokken, was de
helft van de meisjes in tranen. Het hoofd van onze
school, meneer Bakker, was ook gekomen.
Toen we de spullen uit de kasten weer in onze tassen propten, klonk alleen wat geroezemoes. Ieders
hersens draaiden op volle toeren.
'Heeft hij geen oma waar hij misschien naartoe is
gegaan?' vroeg Ralph.
'Ik neem aan dat die rechercheurs alle familiebanden natrekken,' zei Tom.

'Er was toch laatst een gek in Duitsland die kinderen uit het zwembad meelokte?' zei Jori.
'Frits was gisteren toch helemaal niet in het zwembad,' zei Jaco.
Nog even en ik kon behandeld worden voor het
zwembadtrauma.
'Nee, maar misschien heeft die man in het zwem-

bad Frits vorige week iets beloofd als Frits naar zijn huis zou komen,' zei Jori.

'Midden in de nacht zeker. Jij hebt vast álle delen van *Harry Potter* gelezen,' zei Khalid.

Het was een rotgezicht om te zien hoe Frits' mountainbike als enige in de schuur achterbleef toen wij onze fietsen eruit hadden gehaald. Hij had 'm natuurlijk niet mee kunnen nemen omdat Fred de schuur had afgesloten.

Toen we bij school aankwamen, werden we opgewacht door twee journalisten en een fotograaf.

'Jongens, mondjes dicht!' riep de meester.

Wij passeerden ze met heel interessante gezichten. Alleen Tom deed toch zijn mond open: 'U wordt op de hoogte gebracht zodra er sprake is van enig nieuws. Op dit moment geven wij geen commentaar.'

De meester liep achter hem en voor het eerst die dag zag ik een lichte grijns op zijn gezicht.

In de klas zette de meester een video op over apen in Afrika. Hij ging in de tussentijd de ouders bellen om door te geven wat er aan de hand was.

Toen ik thuiskwam, tolde Keesje om zijn as van

blijdschap. Het leek wel of hij in die ene nacht was gegroeid.

'Hij heeft mijn mooie kussen gemold,' zei mijn moeder terwijl ze naar een leeg hoekje op de bank knikte. 'Maar goed, dat is niet belangrijk. *How terrible that Frits disappeared.* Ik heb brownies voor zijn vader gemaakt en die ga jij nu brengen.'

'Misschien houdt die vader niet van *brownies*,' zei ik. 'Of wil hij liever alleen zijn.'

'Maakt niet uit,' zei mijn moeder. *'Back home,* in Canada, zou íedereen naar die vader toe gaan om hem te troosten. Hij moet weten dat zijn zoon vrienden heeft.'

'Ik ben zijn vriend helemaal niet. Frits is nu met Deirdre!'

Mijn stem sloeg weer over.

'Doe niet zo zielig, wees blij dat je van haar af bent. Je voetbalt toch vaak met Frits? Nou dan.'

'Oké,' zei ik. 'Ik ben zo weer beneden.'

Er was iets dat me niet beviel. Boven pakte ik mijn blocnote en schreef:

Waarom Is Frits Verdwenen?

1. Deirdre heeft het uitgemaakt ➤ Frits wil haar

95

nooit meer zien ➤ hij trekt de wijde wereld in
➤ die zien we nooit meer terug.
(NB Checken bij Deirdre)

2. Frits heeft ruzie met zijn vader (hij wil bijvoorbeeld een mobiel) ➤ verstopt zich ➤ vader in
   paniek ➤ Frits komt weer boven water ➤ Frits
   krijgt mobiel.
   (NB Vragen aan vader, brownies zijn dekman-
   tel!)

3. Frits is gespot door een Braziliaanse voetbal-scout ➤ hij is nog te jong om te worden ge-kocht ➤ kidnap/ontvoering ➤ vliegt, samen met scout en vals paspoort, naar Rio de Janeiro ➤ wordt profvoetballer ➤ over tien jaar her-ken ik 'm op tv ➤ ik krijg een beloning van Opsporing Verzocht!
   (NB Niet zo waarschijnlijk voor iemand die in jongens-B speelt)

4. Moeder is teruggekomen om Frits te halen ➤ huilt krokodillentranen en geeft Frits heel veel cadeautjes ➤ Frits gaat mee met moeder naar ? ➤ leven nog lang en gelukkig.

5. Frits kon op kamp niet slapen ➤ maakte een ommetje ➤ liep op bom/mijn/granaat uit Tweede Wereldoorlog ➤ Frits hangt in stukken in een boom.

6. Zelfde verhaal van ommetje ➤ wordt gebeten door vos ➤ hondsdolheid ➤ Frits dwaalt, zo gek als een deur, door de duinen.

19. Brownies-koerierdienst

'En je vraagt zijn vader ook of hij hier vanavond komt eten,' zei mijn moeder.

Zodra ik met Keesje om de hoek van de gevangenis was, belde ik Deirdre met mijn mobiel. Ik haalde diep adem: 'Met Job. Heb jij ruzie met Frits?'

'Pffft. Dat heb ik ook al aan die politie moeten vertellen. Nee, het ging juist heel goed met z'n tweetjes. Nou, *ciao!*'

Nummer één van mijn lijstje kon ik doorstrepen. 'Ciao', wat een aanstelster.

Ik liep langs het lange gedeelte van de gevangenis met alle bijgebouwen, stak schuin over naar de kerk, linksaf, rechtsaf. Ik wist in welke flat Frits woonde omdat ik hem, samen met mijn vader, wel eens had afgehaald voor een voetbaltoernooi.

De deur vlóóg open.

Ik zag de teleurstelling op het gezicht van Frits' va-

der. Hij had natuurlijk gehoopt dat het Frits was.
'Sorry, ik ben het maar, Job,' zei ik. 'En dat is Keesje. Mijn moeder heeft brownies voor u gemaakt. Ze
komt uit Canada en daar doen ze dat altijd als er
wat ergs is gebeurd. Als iemand bijvoorbeeld dood-
gaat, sturen ze bloemen naar de man of de vrouw
van die dode.'

'Zover is het gelukkig nog niet,' zei Frits' vader.
Ik kon me wel voor mijn kop slaan, wat stond ik
daar nu weer te bazelen.
'Kom binnen, dan maak ik een kopje thee. Jij bent
een vriend van Frits, hè.'
'Ik ben zijn vriend niet, ik zit bij Frits in de klás,' wil-
de ik zeggen, maar ik zei maar: 'Keesje doet niets.'
'Maak je geen zorgen. Vroeger hadden we zelf ook
een hond, maar dat kan nu niet meer.'
Was Frits daarom zo gek op Bommel geweest?

'Het is me een raadsel,' zei die vader. 'Slaapt Frits
voor de eerste keer sinds járen buiten de deur, ver-
dwijnt hij!'
'Hadden jullie ruzie?' vroeg ik.
'Nee, helemaal niet. Wil je eigenlijk wel thee of
heb je liever fris?'

'Een glaasje cola vind ik lekker en misschien hebt u water voor Keesje? En mag ik even naar de wc?'
'Ja, natuurlijk, tweede deur rechts.'

Alle deuren kwamen uit op het halletje en ze stonden allemaal open. Op één zat een grote, rode sticker met een zwart doodshoofd: VERBODEN TOEGANG. BETREDEN OP EIGEN RISICO. Dat was natuurlijk Frits' kamer. Ik liep naar binnen. Een bed, bureau, stoel, kast, drie posters van Robbie Williams en een gave muziekinstallatie. Het zag er netter uit dan ik had verwacht.
Op het hoofdkussen zag ik een paar kleine, gele oortjes. Ik sloeg het dekbed een stukje terug. De oortjes hoorden bij een tot op de draad toe versleten beertje. Frits met een knuffel in bed?

Toen ik de kamer weer in kwam, lag Keesje op de schoot van Frits' vader.
'Wat een schatje! Frits is ook gek op honden.'
'Ja, dat weet ik,' zei ik.
'Frits heeft een grote mond, maar o zo'n klein hartje.'
Van dat laatste had ik nooit wat gemerkt, maar zijn vader zou het wel het beste weten.

'Hebt u wat bijzonders aan Frits gemerkt voordat hij gisteren naar school vertrok?' vroeg ik.

'Job, tot nu toe stel je dezelfde vragen als de rechercheurs. Waren er spanningen? Hoe zou u zijn stemming beschrijven? Kan hij naar bepaalde familieleden zijn gegaan? Is er recent iets veranderd in de relatie tot zijn moeder? Vertelt u daar eens wat meer over. Wat vindt hij van de meester? Dat meisje, die Deirdre, kent u haar? Kunt u überhaupt wat vertellen over Frits' vriendschappelijke banden met leeftijdsgenoten?'

20. India - Amsterdam

'Sorry hoor, Job. Ik weet dat je het goed bedoelt.'
Frits' vader stopte zijn hoofd in zijn handen.
Misschien keek ik teleurgesteld, want opeens ging
hij rechtop zitten.
'Oké, Job. De rechercheurs hebben één *lead* – zo
noemen ze dat toch – waar ze nu achteraan zijn. Jij
lijkt me niet iemand die alles aan de grote klok
hangt. Klopt dat?'
'Ik? Ik ben zo gesloten als een bus.'
Mijn detectivebloed borrelde.

'Goed, wat weet jij van Frits' moeder?'
'Dat ze twee jaar geleden verdwenen is, dat Frits
haar nooit meer ziet en dat jullie met zijn tweeën
wonen.'
'Ja, en dat gaat eigenlijk prima. We hebben het
heel gezellig saampjes.'
Ik keek om me heen. Er stonden een lekkere grote

bank, een paar gemakkelijke stoelen en een flat-screen-tv. Op tafel een grote bos oranje bloemen.

'Goed, het zit zo. Elsa, zo heet mijn vrouw, was altijd al een wispelturig type. Een tijdje verkocht ze heel fanatiek tupperware, daarna sloot ze zich aan bij een of andere kerk, toen weer zat ze met een groepje in het donker geesten op te roepen. Ik weet niet eens meer wat voor gekkigheid er allemaal langskwam. Ze was de hele tijd naar iets aan het zoeken wat ze niet kon vinden, snap je? "Ik word steeds *spiritueler*," zei ze. Weet jij wat dat is?'
'Neuh,' zei ik.
'Nou, ik ook niet en dat vond ze maar niks.'

'"Wij bevinden ons op een ander bewustzijnsniveau," zei ze vaak. Op het laatst liep ze in rare soepjurken en kregen Frits en ik nooit meer een stukje vlees te eten.'
Zijn hoofd was rood aangelopen.
'Nu wel weer. Gehaktballen, karbonaadjes, op zondag vaak een biefstukje.'
Hij likte zijn lippen af. 'Goed, op een gegeven moment kom ik 's avonds thuis van het werk, ligt er een briefje: "Ik ben naar India. *Love you*, Sunwap-

ta," want – dat vergeet ik nog te vertellen – ze had zichzelf een andere naam gegeven.'

'Wat een rotstreek!' riep ik.
'Ja, dat kun je wel zeggen. Nou, daar zaten we dan. Frits wilde het er niet over hebben en ik ben – ja, je zou het nu niet zeggen, maar dat komt van de zenuwen – ook niet zo'n prater. Dat jaar bleef Frits wel zitten, dus het was hem natuurlijk toch niet in zijn koude kleren gaan zitten, maar al snel ging het eigenlijk heel goed.'
'*Heavy* hoor,' zei ik. Ik moest er toch niet aan denken dat mijn moeder opeens de benen zou nemen.

'Wacht, ik pak er even een biertje bij.'
Op een tafeltje stonden een paar fotolijstjes. Ik liep ernaartoe.
'Ja, dat was toen ze nog gewoon was.'
Frits was een jaar of drie en zat op schoot bij een mooie vrouw met lang haar.
'Goed. Wat er nu op zondag gebeurd schijnt te zijn, is het volgende. Frits is een kopje thee gaan drinken bij zijn oma, Elsa's moeder, een tof wijf dat wél spoort. Terwijl hij daar was, belde een kennis haar op. Ze had Elsa in Amsterdam zien lopen, sa-

men met de een of andere vent, die er ook uitzag als een zweefneus.'

'Dus nu denkt de politie dat Frits naar Amsterdam is?' vroeg ik.
'Ja. Het gekke is dat Frits, toen hij thuiskwam, het hele verhaal onmiddellijk vertelde. Ik vroeg nog: "Wil je je moeder zien?" maar hij zei: "Nee hoor, laat ze maar lekker weer naar India gaan." Hij zei zelfs,' de stem van Frits' vader trilde, '"jij doet 't hartstikke goed, pa."'
Er stonden tranen in zijn ogen terwijl hij Keesje maar bleef aaien.

'En nu dit! De psychologe van de politie zegt dat kinderen altijd op zoek gaan naar hun vader of moeder, hoe goed ze het ook bij die andere ouder hebben. Frits' laatste schoolfoto is door heel Amsterdam verspreid.'
'Tjonge.' Ik wist even niet wat ik moest zeggen.
'De politie wil niet dat het op school bekend wordt, want vóór je het weet, gaan jullie met z'n allen naar Amsterdam om hem te zoeken en dat is veel te link.'

Naar Amsterdam, dat leek me wel heel wous! De klas opsplitsen in groepjes, plattegrond van Amsterdam erbij, ploegendienstschema opstellen, mobiel met elkaar in verbinding, ik als coördinator. 'Nee, dat is niks,' zei ik.

21. Top-secret

'Job, ik weet dat het moeilijk is, maar je moet echt je mond dichthouden. Vandaag of morgen vinden ze Frits vast en zeker. Een probleem is dat we niet weten hoe hij in Amsterdam is gekomen. De politie vermoedt dat hij is gaan liften en dat is natuurlijk geen geruststellend idee zo midden in de nacht.'
'Frits is geen mietje,' zei ik. 'Die weet precies wat hij doet.'
'Dat hoop ik zo,' zei Frits' vader zacht.
'Dan ga ik maar weer eens,' zei ik. 'O ja, en mijn moeder vraagt of u vanavond bij ons komt eten.'
'Je moeder is een schat,' zei hij. 'Ik zal graag van haar aanbod gebruikmaken als Frits boven water is, maar nu blijf ik op honk voor het geval hij toch opeens voor de deur staat.'

Ik mocht er dus met niemand over praten. Frits' vader had me wel niet gevraagd om het te zweren, maar hij was duidelijk genoeg geweest. Ik durfde niet naar Tom en Jaco te gaan, want die zouden me de oren van het hoofd vragen en vooral Tom kon dat veel te goed. Ik wilde ook niet terug naar huis. Natuurlijk. Waarom had ik daar niet meteen aan gedacht?

'We gaan naar Bommel!' zei ik tegen Keesje.

Zijn staartje zwaaide onwijs; hij kende Bommels naam al heel goed. Nu had ik mijn mobiel wél bij me.

'Gezellig!' riep Kees. 'Ik ben thuis.'

'Het is nog drie kwartier lopen,' zei ik.

'Ik hoor het al. Waar staan jullie?'

Het had wel iets achterlijks om met een enorme verhuisauto zo'n kippenstukje af te leggen, maar het is cool om zo hoog naast Kees te zitten. Ook vind ik het geinig dat iedereen voor je opzij gaat.

'Iets bijzonders gebeurd, knul?' vroeg Kees. 'Je ziet er zo opgefokt uit.'

'Frits is verdwenen uit het schoolkamp. Zijn vader heeft gezegd waar hij is, maar dat mag ik niet zeggen. Hij is bang dat de hele school dan naar Amsterdam gaat.'

'Waarom is hij naar Amsterdam gegaan?'
Wat een dombo was ik toch.
'Wil je soms dat ik naar Amsterdam doorrijd?'
vroeg Kees.
'Amsterdam zei ik bij wijze van spreken,' zei ik met
een rood hoofd.
'Tuurlijk,' zei Kees.

Ik zei niets meer tot we bij Kees thuis waren. Alles
vloog tegelijkertijd door mijn hoofd. *Ik ben zo gesloten als een bus.* Ik hoorde het mezelf nog zeggen.
Aan de andere kant: Kees zat niet bij ons in de klas
en als ik het niet aan iemand vertelde, klapte ik
misschien uit elkaar.
'Goed,' zei ik, 'maar dan moet je zweren dat je het
tegen niemand zegt.'
'Doe jij even normaal,' zei Kees.
'Oké,' zei ik en vertelde het verhaal.

'Dat gedoe van die moeder noemen ze "new age",
zei Kees. 'Ik heb een keer een collega gehad die ook
zo raar deed. Na iedere verhuizing riep hij: "Laten
we vieren dat wij een bijdrage hebben mogen leve-
ren aan het geluk van de toekomstige bewoners."
Wij namen met z'n allen een biertje na afloop,

maar hij liep de kamers door met een wierookstok-
je. Als het om een groot gebouw ging, was hij tij-
den in de weer. Een keer zijn we met z'n allen weg-
gereden. Kinderachtig eigenlijk, liep hij in z'n
eentje tussen de kruitdampen. 't Was een goede
verhuizer, maar op een gegeven moment is hij met
zijn vrouw naar Frankrijk vertrokken. Ze verko-
pen nu geitenkaas op de markt.'

'Weet je wat me niet bevalt aan Frits' verhaal?' zei
ik. 'Hij heeft tegen zijn vader gezegd dat hij zijn
moeder helemaal niet wilde zien en dat snap ik
heel goed. Waarom zou hij dan een dag erna midden in de nacht uitbreken om haar te gaan zoeken?'
'Niets zo veranderlijk als de mens,' zei Kees. 'Maar
jij denkt dat hij misschien niet naar Amsterdam is
gegaan?'
'Ik weet het niet,' zei ik. 'Heb jij een kaart waar het
kamphuis ook op staat?'

22. Op kompas

'Ik heb vanmiddag een lijstje gemaakt met wat er aan de hand zou kunnen zijn met Frits,' zei ik. 'Van de zes redenen heb ik er drie geëli-ge... wat zegt de politie ook alweer?'
'Geëlimineerd?' Kees kijkt vaak naar detectiveseries op tv.
'Ja, dat zei ik. Eén idee slaat nergens op. Maar bij twee andere ga ik ervan uit dat Frits niet kon slapen – hij gaat nooit uit logeren – naar buiten ging en toen door een vos is gebeten of op een bom is getrapt.'
'Zo'n bom maakt een rotherrie,' zei Kees, 'en een vossenbeet komt gelukkig ook niet iedere dag voor.'
'Nou en?' zei ik.
Elimineren was leuk, maar er moest wel wat overblijven.

Kees had de kaart op tafel uitgespreid.

'We zouden in steeds grotere cirkels rond het kamphuis kunnen lopen,' zei ik.

'Hallo! Dan zijn we volgende week nog bezig. Ik heb een beter idee. We rijden naar het kamphuis en lopen vandaar de kortste weg naar jouw huis. Dat is nog steeds een kilometer of zeven. Morgenochtend haal ik met de fiets de auto weer op.'

Kees fronste zijn voorhoofd.

'Je realiseert je wel dat we het vrijwel zeker voor Piet Snot doen, hè? Maar ja, het is mooi weer en voor Keesje en Bommel is het ook leuk. We moeten wel opschieten, want het wordt weer vroeger donker. Ik bel je moeder even om te zeggen dat je een hapje bij mij blijft eten en ik jullie straks thuisbreng.'

Mijn moeder wilde mij nog even aan de telefoon.

'Heeft Frits' vader verder nog iets gezegd?'

'Nee, "lekkere brownies," zei hij. Verder niks. Tot straks.'

We haalden een patatje dat we onderweg opaten. Bommel zat rustig naast me op de bank, maar Keesje bleef maar heen en weer springen.

'Nu is het klaar, Keesje,' zei Kees met een donkerbruine stem. 'Je moet nog een heel stuk lopen, dus líg!'

Keesje kroop op mijn schoot en viel meteen in slaap. We deden er met de auto bijna net zo lang over als met de fiets.

Bij het kamphuis was het doodstil. Er stond ook geen auto. Die Fred en Denise hadden natuurlijk opeens vrij. Toen we uitstapten, haalde Kees een kompas uit zijn zak.

'Vroeger heb ik bij de padvinderij gezeten,' zei hij. 'Waarom doe jij dat niet?'

'Ik voetbal al.'

Ik wist niet waarom, maar mijn hele lichaam trilde van de opwinding. Misschien moest ik toch detective worden in plaats van directeur van het asiel, zoals ik me had voorgenomen toen ik Bommel uit het asiel smokkelde.

'Wat we gaan doen,' zei Kees, 'is ons kop houden en om de beurt "Frits" roepen. Hoe lang is hij nu precies zoek?'

'Waarschijnlijk is hij gisteravond om een uur of twaalf verdwenen.'

'Het is nu halfzeven, dus dat is bijna een etmaal.'

Kees hield het kompas in zijn hand voor zich uit.
'Fri-i-i-its,' riep hij.
Een minuut later riep ik: 'Fri-i-i-its!'

In het begin liepen we een stukje over het fietspad.
Iemand riep terug: 'Dáár loopt Frits!' en wees op
Bommel.
Een jogger deed lollig: 'Bijna goed, ik heet Frans!'
Maar al snel waren we in de duinen en was er niemand meer. Na 99 keer 'Fri-i-its' kreeg het iets be-
lachelijks om voor de honderdste keer in het lucht-
ledige te roepen. Ik had ook dorst.
'Ja knul, het valt niet mee om voor detective te spe-
len,' zei Kees. 'Maar ik snap je heel goed. Het is altijd fijner om wat te doen dan achterover te hangen en te wachten. Fri-i-its!'

We moesten ongeveer op de helft zijn. Omdat het
een tijd niet had geregend, was het zand mul en
zwaar. Op sommige stukken stonden zo veel strui-
ken en bomen dat Kees moest corrigeren op de
kompaslijn. Bommel sjokte achter ons aan zonder
een pas te veel te zetten, maar Keesje bleef rond-
crossen.
Die psychologe zou het wel weten, dacht ik. Als ál-

le kinderen altijd achter hun ouders aan gaan, deed Frits dat natuurlijk ook. Tenslotte had hij maar één moeder, die vroeger wel lief voor hem was geweest.

23. Iets met een zakdoek

Ik zag mijn bed steeds duidelijker voor me. Het zou me geen moeite kosten om in slaap te vallen.
'Hé, niet dromen, maar roepen!' zei Kees.
'Fri-i-ts!' riep ik.
Nu sprong Keesje tegen me op.
'Ja, het is goed,' zei ik.
'Job, kijk eens!' zei Kees.
Keesje hield iets in zijn bek. Een grote, grijs met blauw geruite zakdoek.
'Waar heb je die vandaan?' vroeg ik.

Keesje sprintte naar een heuveltje. Kees, Bommel en ik renden achter hem aan.
'Stil eens,' zei Kees.
'Hier, ik ben hier!'
We klauterden nog een duin op en daar… lag Frits. Zijn schoenen waren uit en ik zag onmiddellijk dat één been raar onder hem gevouwen lag. De rech-

terpijp van zijn spijkerbroek was opgestroopt en zijn onderbeen zag er blauw en opgezwollen uit. Halverwege zijn kuit leek het zelfs of een bot bijna door zijn vel stak.

'Frits!'

Ik pakte hem bij zijn schouders.

Hij rilde helemaal. Zijn ogen stonden hol en hij had net zo'n grauwe huid als de meester.
'Heb je iets gebroken?' vroeg Kees.
Nu begon Frits te huilen.
'Ik wilde naar mijn vader en toen bleef mijn voet in dát gat' – hij wees op een hol – 'achter wortels steken. Mijn been deed "knak".'
Vreselijk zoals Frits erbij lag! Ik had makkelijk een potje met hem mee kunnen huilen, maar daar zat natuurlijk niemand op te wachten.
'Je wilde niet naar Amsterdam?' vroeg ik maar.
'Zeg, laat hem even met rust,' zei Kees. 'We hebben hulp nodig.'
'Dorst,' zei Frits, 'ik heb zo'n dorst,' en zijn ogen draaiden weg.

'Verdomme, dat we geen water hebben meegenomen,' zei Kees. 'Ik had nooit gedacht dat we Frits écht zouden vinden.'
Ik pakte mijn mobiel en drukte 112 in.
Blieppiep. *Geen bereik* stond er op mijn scherm.
Nu zei ik: 'Verdomme.'
Kees viste zijn mobiel uit zijn zak.

'Job, zoek eens het dichtstbijzijnde herkenningsteken, een ANWB-paddestoel of zo.'
'Politie? Met Kees van der Pas. Snel komen… gebroken been… mogelijk uitdrogingsverschijnselen… brancard meenemen.'

Keesje en Bommel likten Frits' gezicht. Ik hield zijn hand vast. Hij was niet helemaal meer bij de les. Had ik niet eens gehoord dat het in zo'n geval goed was om tegen de patiënt aan te blijven praten?
'Je was dus niet naar Amsterdam om je moeder te zoeken?' vroeg ik.
Lekker relaxed vraagje voor iemand die op apegapen ligt, dacht ik te laat.
'Mijn móéder?' kreunde Frits. 'Ik wil naar pápa!'
Kees ging naast ons zitten.
'Had jij heimwee, knul?'

Frits murmelde iets. Ik hield mijn oor bij zijn mond.
'Iets met "schaam",' zei ik tegen Kees.
'Je hoeft je helemaal niet te schamen,' zei Kees. 'Ik had vroeger ook altijd heimwee. Dat hebben er zoveel.'

Opeens zag ik Frits' kleine, gele beertje voor me. Frits had gewoon naar zijn vader en zijn eigen bed verlangd. Dat ik daar niet aan had gedacht, in plaats van aan hondsdolheid en bommen…

24. Fractuur & Amsterdamned

Frits' vader stond bij het ziekenhuis toen wij met de ambulance aan kwamen rijden. In de duinen hadden ze een vacuümspalk van piepschuimballetjes op Frits' been gezet. Frits werd op de brancard de auto ingeschoven. Een verpleger zat naast hem op een stoel, ik op een bankje erachter. Hij kreeg een infuus met een water-zoutoplossing en iedere hartslag was te zien op een kleine oranje monitor. Eigenlijk mochten er geen honden in de auto, maar Kees had het voor elkaar gekregen om, met Bommel en Keesje, voorin naast de chauffeur te mogen zitten. Jammer genoeg hadden ze het niet nodig gevonden om de sirenes aan te zetten.

'Mijn jongen!'
Frits' vader vloog op hem af zodra de deuren opengingen. Frits keek alweer wat helderder uit zijn ogen. 'Hoi pap!'

'Kom, wij gaan, Job,' zei Kees.

Frits' vader draaide zich naar ons om: 'Ik weet niet hoe ik jullie moet bedanken.'

'Niet belangrijk,' zei Kees. 'Succes met Frits en zijn been.'

Ik had het ziekenhuis mee in gewild, maar niemand vroeg erom.

'Ga ik snel de meester bellen en iedereen uit de klas,' zei ik.

'Rustig aan,' zei Kees. 'We moeten eerst nog thuis zien te komen.'

'Ik bel mijn moeder, die komt ons wel halen.'

Nu ik uitkeek op vijf openbare telefooncellen van het ziekenhuis, deed mijn mobiel het wél weer...

And if you hadn't... ' begon mijn moeder.

'Ja, dan had het er niet best uitgezien voor Frits,' zei Kees.

Stupid police, ' zei mijn moeder.

'Petje af voor jullie,' zei mijn vader.

Ik had Tom en Jaco net opgebeld toen de meester opeens voor de deur stond. Hij was nog nooit bij ons thuis geweest.

'Helden zijn jullie en niets minder dan dat!' riep hij. 'Ik kan niet vertellen hoe opgelucht ik ben dat

Frits weer…' en hij barstte in snikken uit.

'Goz, goz,' zei mijn moeder. 'Kom, jij drinkt ook een kopje koffie.'
'Sorry hoor,' zei de meester. 'Ik vond het zo raar dat ze hem in Amsterdam nog niet hadden gevonden, want alles met een pet op had zijn foto doorgekregen.'
Bommel en Keesje lagen voor dood in een hoek te slapen.
Mijn vader had de meester juist een sigaar aangeboden toen de bel weer ging:
Frits' vader met twee enorme bossen rozen.
'Ik heb het stalletje van het ziekenhuis leeg gekocht. Eén voor jou, Job, en één voor Kees.'

Iedereen viel over Frits' vader heen.
'Hij wordt vanavond nog geopereerd. Frits heeft een cu, een cru… wacht even.' Van een papiertje las hij voor: 'Een crurisfractuur, dat wil zeggen een breuk aan zijn scheen- en kuitbeen.'
'O?' zeiden wij.
'Hij krijgt een rek over zijn been met pennen in het bot – dan mag hij zes weken lang niet lopen – maar de dokter heeft gezegd dat het weer helemaal goed

komt. Toen Frits op bed lag, maakte hij alweer grapjes. Ik ga dadelijk nog even terug.'

'Dat is toch geen kattenpies. Heb je een borrel voor me, Guus?' vroeg Kees aan mijn vader.
'Het erge is ook nog,' zei Frits' vader, 'dat die kennis van mijn schoonmoeder opeens niet zeker meer wist óf ze Elsa wel had zien lopen. "Ja, ja," zei ze, "lang, blond haar en een donkerrode jurk. Eigenlijk heb ik haar gezicht niet gezien." Na eindeloos gezoek hebben ze het telefoonnummer van die club in India te pakken gekregen. Blijkt Elsa daar nog gewoon rond te zweven, pardon, lopen.'

'Meester?' zei ik. Iedereen keek me aan alsof ze vergeten waren dat ik er ook nog was.
'Wat dacht u van het kamp?'
'Sodeju, Job, je hebt gelijk! Daar is niets meer op tegen. Het is nu te laat, maar morgenochtend regel ik het en dan kunnen we met z'n allen – behalve Frits dan – weer terug.'
'Zeg meester,' zei Kees, 'deze jongen wil een ritje naar zijn verhuisauto. Als jij me zodadelijk afzet bij het kamphuis, kun je ze meteen vertellen dat jullie er weer aankomen.'

'Wat ben je toch praktisch, Kees!' zei mijn moeder. 'Ja, dat is wel zo,' zei Kees, 'maar laat vooral één ding duidelijk zijn. Het was Jóbs idee om Frits in de duinen te gaan zoeken.'

'Hoe kwam je daar eigenlijk bij?' vroeg de meester.

'Intuïtie,' zei ik.

Mijn moeder keek me ongelovig aan en Kees schraapte zijn keel, maar bij de rest ging het erin als koek.

'En laten we Keesje niet vergeten,' zei ik snel. 'Híj heeft Frits gevonden!'

'Je bent een wereldknul, Job,' zei Frits' vader. 'Frits mag zich heel gelukkig prijzen met zo'n vriend!'

Frits was zijn vader ongetwijfeld vergeten te vertellen hoe hij aan Deirdre kwam.

Ik hoopte dat niemand eraan had gedacht om Deirdre te vertellen dat Frits weer terug was. Lag ze nog de hele nacht te snikken. Net goed!

25. Op herhaling

We namen allemaal weer hetzelfde bed op de slaap-zaal.

'Het leerwerk laten we zitten,' zei de meester. 'De komende weken werken we op school wel wat harder; deze dagen doen we alleen leuke dingen.'

Op de een of andere manier was er iets veranderd in de klas. Frits was er natuurlijk niet bij, maar niemand liep elkaar te pesten en het leek ook of er niet meer zoveel werd geroddeld.

Marja nam me apart: 'Toen Frits zoek was, vond ik opeens dat hele gedoe over verkering nogal stom. Als hem echt iets was overkomen, was dat veel belangrijker geweest.'

'Vond ik ook,' zei ik.

Op woensdagmiddag bouwden we een hut, 's avonds was er disco, donderdag een speurtocht en bonte avond. Vrijdag sloten we af met een vossenjacht. De meester had een stel ouders opgetrommeld die in het dorp, vlak bij het kamphuis, verkleed rondliepen als brandweerman, non, clown, glazenwasser en bloemenverkoopster. Meneer Bakker stond vóór de balletschool in een roze balletjurk pirouettes te draaien!

Maar de grootste verrassing was de laatste post. Frits zat, armoedig gekleed, in een rolstoel vóór een supermarkt. Om zijn been zat een stalen constructie met een ring onder zijn knie en één net boven zijn enkel. Op de grond voor hem lag een omgekeerde pet met een bordje ernaast: 'Veelbelovend voetbaltalent (tijdelijk) invalide. Ben blut. Geef gul!'

Toen ik aan kwam lopen, trok hij me naast zich. Hij had na zijn operatie al opgebeld uit het ziekenhuis. 'Job, mégabedankt dat je me bent gaan zoeken.'

Nu zei hij: 'Ik heb het gisteren uitgemaakt met Deirdre. Dat vond ik wel het minste dat ik voor je kon doen. Het was toch een rotstreek.'

'O, ik denk nooit meer aan haar, hoor,' zei ik. Volgens mij klonk het alsof ik het nog meende ook, terwijl ik alleen maar dacht: Yes! Yes!

's Avonds belde ik Kees op.

'Frits heeft het uitgemaakt met Deirdre. Voor mij!'

'Dat is een mooi gebaar,' zei Kees.

'Ik ben helemaal vergeten te vragen hoe het met Miep gaat.'

'Tja, ik weet 't niet. Vorige week was ze hier. Op een gegeven moment haal ik wat te drinken uit de keuken, kom ik de kamer weer in, heeft ze alle gordijnen van de rails gesloopt.'

'Waarom?'

'"Ik stop ze eens lekker in een sopje," zei ze.'

'Waren ze zó goor?' vroeg ik.

'Kan me niet schelen!' schreeuwde Kees. 'Ik maak zelf wel uit of ik mijn gordijnen wil wassen!'

Door de telefoon kon ik natuurlijk niet zien of zijn ogen draaiden, maar het leek me van wel.

'Is goed,' zei ik pesterig, zoals Miep steeds zegt.

'Luister eens Kees, nog iets anders. Mijn moeder wil vieren dat alles goed is afgelopen en nu hebben we morgenavond een BBQ. Als je wilt, kun je Miep meenemen.'

'Een feestje? Leuk!' zei Kees. 'Maar als je het niet erg vindt, breng ik Bommel mee.'

'Is goed. Ga ik de rest bellen.'

Frits en zijn vader kwamen natuurlijk en Tom en Jaco ook.

'Je mag gerust wat meisjes uitnodigen,' zei mijn moeder.

'Dank je, maar *no thanks,*' zei ik.

Mijn moeder had de buren van ons rijtje gevraagd. 'We wonen hier nu bijna een jaar en we hebben nog nooit iets met z'n allen gedaan.'

Op één buurman na kon iedereen.

26. Keesje heeft een feestje

De hele zaterdag werkten we ons een rotje. Waarschijnlijk kreeg Keesje te weinig aandacht en bedacht hij daarom zelf wat dingetjes. Toen mijn vader en ik een tafel naar de tuin sjouwden, lag mijn vader opeens op de grond: Keesje had een gat gegraven.

Even later ging mijn moeder tegen hem tekeer: '*Stupid dog!* Moeten we jóu soms op de grill leggen?'

Stond hij tot z'n knieën in een enorme pan satésaus om zich heen te slobberen.

Kees kwam 's avonds als eerste opdagen met een fles drank, een doos bonbons en een grote bos bloemen. Hij tuurde naar de ramen van de gevangenis, waar stuk voor stuk de lichten aangingen.

'Beter om er van deze kant naar te kijken,' zei hij.

Serena, onze buurvrouw, stond naast hem. Ze is ouder dan mijn moeder en ik noem haar Glitter

omdat alles altijd aan haar glinstert: haar oorbellen, kettingen, ceintuurs en zelfs de steentjes op haar schoenen.

'U bedoelt?' vroeg ze.

'Ik heb net een halfjaartje vastgezeten, maar je mist toch je vrijheid,' zei Kees.

Serena liep onmiddellijk weg. De glittersteentjes op haar zonnebril – het was inmiddels hartstikke donker – lichtten op.

'Zo krijg ik nooit verkering,' zei Kees.

'Je bent toch met Miep?' vroeg ik.

'Nee, niet meer. Vanmiddag heb ik er een eind aan gemaakt. Ze kwam met de gordijnen én een hele tas vol zelfgemaakte diepvriesmaaltijden. Met stickertjes erop voor alle dagen van de week. Maandag, dinsdag, je weet wel. "Je eet niet genoeg groente, Kees," zei ze. Toen had ik er genoeg van. "Dat maak ik zelf wel uit," zei ik. "Al eet ik de rest van mijn leven geen ene doperwt meer, dan is dat míjn zaak." "Is goed," zei ze en toen is ze vertrokken met die tas en al die bakjes.'

'Het was toch goed bedoeld,' zei ik.

'Ja, maar ik ben te oud voor dat getuttel, betuttel, gebetuttel!' zei Kees.

Intussen was iedereen er. Frits zat in zijn rolstoel en Jaco, Tom en ik hadden onze stoelen naast hem gezet. Het gesprek ging over de wedstrijd van de volgende dag: Ajax-Feyenoord. Jaco en Frits waren voor Feyenoord, Tom en ik voor Ajax.

'Hoe lang duurt het eigenlijk voordat jíj weer mag voetballen?' vroeg Jaco.

'Over zes weken maken ze een foto om te kijken of het bot goed geheeld is. Dan krijg ik een *brace* en als er geen complicaties zijn, mag ik twee maanden daarna weer een balletje trappen.'

'Vette pech,' zei Jaco.

'Ach,' zei Frits, 'er zijn ergere dingen.'

De nieuwe buurvrouw van de andere hoek droeg een lang, wollen vest alsof het winter was.

'Mooi vest heb je aan,' zei mijn moeder.

'Het is van schapenwol. Ik verkoop truien en vesten. De wol spin ik zelf.'

Ze wees naar mij. 'Ik kan voor jou ook wel wat leuks maken.'

'Dank u wel, mevrouw, maar ik ben allergisch voor wol, vooral voor die van schapen.'

Ik vroeg me af of er nog meer beesten zijn die voor wol zorgen, anders was het niet zo'n slimme opmerking.

'Zeg maar Trees, hoor. Jij heet toch Job?'
Als ze lachte, zag ze er heel aardig uit. Ze had een beetje hetzelfde krullerige, roodbruine haar als Deirdre.

Het stel van drie huizen verderop had hun baby in een buggy meegenomen. Opeens brulde dat kind de hele boel bij elkaar. Keesje had haar liga afgepakt. Misschien komt het omdat ik nooit een broer of zus heb gehad, maar ik haat huilende baby's.
'Misschien kun jij eens oppassen?' vroeg die moeder.
'Dat gaat helaas niet. Ik ben allergisch voor baby's,' zei ik.
Trees vroeg onmiddellijk: 'Hoe komt het dat jij zo veel allergieën hebt?'
Mijn moeder trok haar wenkbrauwen op.

27. Eind-sms, al-sms

'De saté is klaar!' riep mijn vader vanuit de tuin. Maar goed dat alle buren erbij waren, want het stonk een uur in de wind naar verkoold hout.

's Middags had ik bákken vlees aan stokjes geregen.

Tom reed Frits naar buiten. Kees en Frits' vader stonden met elkaar te praten.

Glitter kneep me in mijn wang. 'Wat zul jij over vijf jaar een mooie jongen zijn!'

Moet je tegen Deirdre zeggen, dacht ik nog toen uit de huiskamer opeens een harde gil klonk. Ik rende naar binnen.

Trees trok aan één mouw van haar vest en Keesje hing aan de andere. Naast een paar knopen zat een enorm gat. Ik rukte Keesje los en nam hem in mijn armen. Iedereen was nu binnen.

'Ik had mijn vest even op de bank gelegd omdat

het te warm was,' zei Trees verdrietig. 'Wéken werk naar de knoppen!'

'Dat heb je met zo'n jachthond. Keesje is mijn petekind,' zei Kees trots. 'Het is de natuur: Keesje dacht dat hij een schaap te pakken had!'

'We zijn goed verzekerd, Truus,' zei mijn vader.

'Ik heet Tréés!' zei ze terwijl ze het gat tegen het licht hield.

Kees stapte op Trees af. 'Ik weet het goed gemaakt, wijffie. We gaan er toch een leuke avond van maken. Job, kun jij wat lekkere muziek opzetten? Gaan Trees en ik dansen. Vergeet je vanzelf je vest!' Wat was er met Kees aan de hand? Hij haalde zijn hand door zijn haar en keek heel blij naar Trees. Zij stond ook naar hem te lachen.

'Ach ja, je hebt gelijk, Kees,' zei Trees. 'Weet je wat, Keesje: hier heb je een speeltje!' en ze gooide het vest naar hem toe.

Glitter danste met mijn vader, Frits' vader met mijn moeder, het jonge stel met elkaar. De baby sliep overal doorheen. Nu zag ze er schattig uit. Als ze sliep kon ik natuurlijk wel op haar passen. Misschien moest ik nog even tegen die moeder zeggen: 'Ik ben alleen allergisch voor baby's wanneer ze wakker zijn.'

Wij zaten met z'n vieren bij elkaar.

'Weten jullie al naar welke school jullie volgend jaar gaan?' vroeg Tom. Hij wist zeker dat hij naar het gymnasium ging.

'Het jaar is nog maar net begonnen. We krijgen al dat gedoe met die Citotoets nog,' zei Jaco.

'Ik ben er ook nog niet mee bezig,' zei ik toen mijn mobiel piepte. De laatste tijd droeg ik 'm steeds bij me. Belde ik mijn moeder als ik boodschappen aan het doen was om iets na te vragen of zo.

'Wie is dat?' vroeg Frits. 'Heb je weer verkering?'

Ik opende het bericht.

Het was van Deirdre. Ik had het meteen niet meer.

'Hi Job, ffı? X Deirdre.'

Ik liet het aan Frits zien. *Mind you,* aan Fríts!

'Dat betekent: effe een vraagje?' zei Frits. 'Die wil weer verkering met je!'

'Pffft, als dat zo is, heeft ze een probleem,' zei ik zo cool mogelijk. Het deed weer raar in mijn buik.

'Je moet haar in spanning laten,' zei Tom.

Ik tikte in: 'Hi D., vraag maar raak. Job.'

Niks geen kruisje, als ze me weer wilde hebben moest ze er wat voor overhebben.

Bliepbliep blieppiep: antwoord. Jaco en Frits probeerden mee te kijken.

'Het is wel privé, hoor,' zei ik.

Hoe moest ik nu uitleggen, hoewel het niet slim was, dat ik Deirdre nog een kans wilde geven? Ik hield mijn hand voor het schermpje voordat ik het bericht opende.

Job, vraag jij Tom of hij met me wil? Ik ben verliefd op hem. Deirdre.

Het bloed trok uit mijn gezicht.

'Momentje,' zei ik tegen Frits, Jaco en Tom en ik liep naar Kees.

Nee, hè, stond Kees een partij klef te dansen met die Trees! Hij zág me niet eens. Ik ging terug naar mijn vrienden.

'Ha ha!' riep ik en trok een grijns. 'Dit is wel de grootste grap die je kunt bedenken. Tom, ik moet van die muts – sorry, ik bedoel Deirdre – vragen of jij met haar wilt. Ze is verliefd op je.'

Tom keek alsof hij een orang-oetang door de kamer zag vliegen.

'Geef hier!' zei hij en griste mijn mobiel uit mijn hand.

Hij tikte heel ingespannen iets in.

'Oké, stuur maar weg. Jullie mogen wel weten wat ik geschreven heb, want jullie zijn mijn vrienden.'

Ik zag Frits even heel blij kijken.

'Ik heb gezegd: "Beste Deirdre, dank voor de getoonde belangstelling. Ik zal niet op je aanbod ingaan. Vriendelijke groeten, Tom."'

Ik had al op 'verzenden' gedrukt toen Frits begon te lachen. Even later kregen Jaco en ik ook de slappe lach, net als die meiden altijd. Alleen Tom keek ons verbaasd aan.

'Wacht,' zei ik.

'Jullie drinken geen bier,' had mijn vader gezegd.

Niemand keek naar ons om. Ik pakte vier plastic bekertjes uit de keuken en vulde ze met twee blikjes bier.

Keesje viste ik uit zijn mand en ik zette hem op schoot.

'Ik wil een toost uitbrengen,' zei ik.

We hielden allemaal onze bekertjes omhoog toen er weer twee keer 'blieppiep' uit mijn broekzak klonk.

'Nee, dit gaat voor,' zei ik. 'Laten we proosten op onze eh... mánnenvriendschap!' Ik stak Keesjes rechtervoorpootje de lucht in.

'Wat heeft ze me geschreven?' vroeg Tom.

Hij knipperde met zijn ogen.

'Ik lees het meteen voor!' riep ik. Beetje bitter dat bier, maar het werd vast nog lekkerder.

Het openmaken van berichten ging me steeds sneller af. Ik las voor: 'Ha Job, mijn vader heeft opeens een plaatsje over in de VIP-box voor Ajax-Feyenoord! Wil je mee? (ik ga ook) Marja.'

Even bleef het stil.

Mijn buik deed niet raar meer, maar voelde heel warm.

'Is het niet van Deirdre voor mij?' vroeg Tom.

'Nee hè? Ik heb Marja laten lópen!' riep Frits.

'Waarom vraagt Marja geen verkering aan míj!' riep Jaco.

Plotseling stond Kees bij ons.

'Zo jongens, hebben jullie wat lekkers voor jezelf ingeschonken? Kwam jij nu zo-even naar me toe, knul? Problemen?'

'Ik mag morgen met Marja mee naar Ajax!' riep ik.

'Weet je wat jij bent?' vroeg Kees.

We keken elkaar aan en riepen tegelijk: 'Een bof-kont!'